ぢゅくぢゅくと音を立てて吸われると、いやらしい音に
まるで耳から犯されているような気分になる。
め、出ちゃうから……ぁ」
られているもの、それそのものが
込まれてしまいそうだと思う。
「やっ、も…だめっ……だめぇ……っ!」
獣人の最愛

獣人の最愛

天野かづき

23315

角川ルビー文庫

目次

口絵・本文イラスト／蓮川 愛

　昼なお暗い、国境の森の奥。知る者でなければそれが道だと分からないほど細い小道の先、小さな泉のほとりにその小屋はあった。

　たった二間しかないその小屋には、世にも珍《めずら》しい魔術師《まじゅつし》が一人、暮らしている。

「……うん、悪くない」

　赤紫色《あかむらさきいろ》の瞳《ひとみ》が、指で摘《つ》まんだ円形の石をじっと見つめる。夕日のような色をした石の中に、ゆらりと揺《ゆ》らめく炎《ほのお》が見える。どうやら魔術付与《ふよ》は問題なく行えたようだ。

　魔術師であるノアはほっと息をつくと、柔《やわ》らかい布で石を軽く拭《ぬぐ》い、木箱へと収める。

　黄朽葉色《きくちばいろ》の髪《かみ》が、俯《うつむ》いた拍子《ひょうし》にさらりと頬《ほお》に落ちた。それを軽くかき上げつつ、箱の中へ視線を向ける。布の張られたその箱の中には、今入れた石とよく似た石がずらりと並んでいる。色は夕日の赤に、満月の黄。二色を各十の全部で二十。注文通りだ。

　念のために数を確認《かくにん》してから、蓋《ふた》をすると、その蓋をそっと撫《な》でる。

　それから前もって用意していた魔術符の数を、確認し始めた。

　こちらは二種類を三十枚ずつ。やはり数に間違《まちが》いはない。あとは、これを買い取りに来る商人を待つだけだ。

月に一度、商人がここまで石と符を取りにやってくる。森を出ることのないノアは、これらと引き換《か》えに身の回りの品や食料、本などを購入《こうにゅう》しているのだ。

赤は火、黄は治癒《ちゆ》。ノアに使えるのはこの二つの魔術だけだが、どちらも非常に重宝されるものだ。三年前に亡《な》くなった祖父は、高度な火と水の魔術が使えた。

それに比べたらノアの使える火の魔術は大したものではなかったが、一日に二つか三つ程度ならば魔術石と呼ばれる魔術を付与した石を作ることができるし、符の書き方はきっちり習っている。

火の魔術石は魔術師でなくとも火の符か火花程度の火種を近づければ発動し、大きなものなら薪《まき》なしで暖炉《だんろ》を温められるし、小さなものでも長い時間ランプの明かりにすることができるため、高値の割に需要《じゅよう》は高い。符は安価だが魔術石の発動のために使ったり、焚《た》き付けや湯を沸《わ》かしたりといったことも簡単にできるので、それなりに需要はあった。

実のところ、治癒のほうが得意なので治癒の魔術石はもう少し簡単で、本当は石の量産も可能ではある。だが、ただでさえ稀少《きしょう》な魔術師の中でも使い手が少ない特殊《とくしゅ》な魔術のため、強い力を持つことは秘密にするようにと祖父から言われていた。こちらは不調のある場所に近づければ発動する。小さな傷の治癒や一時的な痛み止め、熱冷まし程度しかできないということにしてあるのだが、それでも需要はある。この二つの魔術だけでも、生計を立てるのには困らなかった。

だから、わざわざここまで来てくれる商人には感謝するべきだとは思っているのだが……。

「憂鬱《ゆううつ》だな……」

正直な気分を口にしてから、深いため息を零《こぼ》す。

魔術師としての仕事は、祖父のものを継《つ》いだ。祖父が酷《ひど》い頑固者《がんこもの》だったこともあり、取引のある商家は一つだけだ。頑固な祖父が唯一《ゆいいつ》気を許していただけあって、祖父の代に商家を経営していた男は、非常に好人物だった。

まだノアが幼かった時分から、ノアにもやさしかったし、信頼《しんらい》の置ける男だ。

しかし、祖父が年を取ったように、男も年を取る。そして、現在はその息子《むすこ》が仕事を引き継ぎ、同じようにここを訪ねてくるのだが……。

「どうして、あの人の下《もと》にいて、あんな息子が育ったんだろう？」

代替《だいが》わりしたのは一年ほど前だ。初日から三十代後半のその男――ランドルは、ねっとりとした欲を孕《はら》む目でノアを舐《な》めるように見つめてきた。

もっとも、その日は父親が紹介《しょうかい》のために共に来ており、その目もほんの一瞬《いっしゅん》のことであったから、ノアも気のせいかと思ったのだが……。

それが気のせいでなかったことは、一月後、ランドルが一人で現れたときにはっきりした。

ランドルはまるで相手が女性であるかのように容姿を褒《ほ》め、こんな小屋は出て自分の下に来ないかと誘《さそ》いを掛《か》けたのだ。

なぜだかそれをひどく気持ちが悪いように感じたこともあり、ノアはその申し出を断った。ここで暮らすことに不便がないとは言わないが、十分に満足している。これに関しては、言い出したのがランドルではなく、信用のおける父親のほうだったとしても、ノアは断っただろう。

ランドルは不満そうではあったものの、その場では引いた。だが、それ以降顔を合わせるたびに、街で暮らさないかとしつこく誘ってくるため、顔を合わせるのが憂鬱なのだ。

前回はノアのために別邸《べってい》を用意したとまで言われたことを思い出し、背筋が寒くなる。それが単なる親切だったとしても鬱陶《うっとう》しい話なのに、ランドルの申し出はどう考えてもそれだけではない。

最初は商売上の利益のためだと思っていたが、最近では、ノアそのものを欲望で搦《から》め捕《と》ろうとしているように感じてならない。それがどういった類《たぐ》いのものか、もう二十一歳になったとはいえ、人との関《かか》わりの薄《うす》いノアにはよく分からなかった。けれど、とにかく不気味に思えてならない。

自分が考えすぎているだけだとしても、あのねっとりとした視線を思い出しただけで怖気《おぞけ》が走るのだから、このあとの来訪に気が重くなるのも致《いた》し方《かた》ないというものだろう。

なるべく早く用件が済むように祈《いの》りつつ、ノアはそのときを待った。

「クーデター、ですか」

「ああ、早々に失敗に終わったということだが……まったく物騒《ぶっそう》な話だ」

そう言いながら、ランドルは突《つ》き出た腹を揺らし、冷めつつある紅茶に口をつける。

クーデターが起こったというのは、この国境の森の向こうに広がるアメイジア王国――通称《つうしょう》、獣人《じゅうじん》の国でのことだという。

アメイジア王国は、獣人の王が治める国だ。人以外の種族の出入りを厳しく制限していることこ、ルクセン王国とはあまり仲がよくない。

少し前までは小競《こぜ》り合いが起きることもしばしばで、そのためこの辺りでは獣人を嫌《きら》う者も多い。また、獣人というのが我々《われわれ》人族とは違う、粗暴《そぼう》で野蛮《やばん》な人種であるというのがルクセン王国内では定説であった。

「森で獣人を見たなんて話もあるくらいだ。物騒だし、いよいよ街に引っ越《こ》しちゃどうだ？」

なるほど、突然隣国《とつぜんりんごく》のクーデターの話などをし始めたのは、そこに持っていくためだったのかと内心納得《なっとく》する。

「何度も言うようですが、ここは祖父の残してくれた大切な家ですから」

「家ねぇ……俺が君のために用意した別邸は、ここの十倍は広いぞ。是非《ぜひ》一度見に来てもらいたいものだが……」

どこか小馬鹿《こばか》にしたような言葉に内心腹立たしく思いつつも、無表情を貫《つらぬ》く。ノアがそれ以上何も言わずに口を噤《つぐ》んでいると、ランドルはこれ見よがしにため息を吐《つ》いたものの、諦《あきら》めたように腰《こし》を上げた。

「ま、そう言うなら仕方ない。身を寄せる気になったらいつでも言ってくれ」

その言葉にただ頷《うなず》いて、ノアも立ち上がる。そして、ランドルを送り出した。背中が見えなくなるまで見送るのは礼儀《れいぎ》ではなく、むしろ警戒《けいかい》だ。振《ふ》り返りもせずに小道の奥に消えたことにほっとしつつ、ノアは一旦《いったん》家に入ると、窓を閉めてから玄関脇《げんかんわき》に置かれた木製のバケツを手にして再び外に出る。

夕食の支度《したく》のために水を汲《く》むのだ。ついでに、念のため結界の様子を見ることにした。先ほどのクーデターの話が本当ならば、確かに多少危険かもしれない。

祖父は水の魔術が使えないノアのために、三つの強力な魔術を残してくれた。一つは水の涸《か》れない泉であり、もう一つは夏であっても溶《と》けない氷によって食材を冷やせる氷室。そして、最後の一つは危険な獣《けもの》や人が許可なく入り込まないようにするための結界だ。

水の魔術による結界は物理的な障壁《しょうへき》ではなく、この辺りに獣や人が近付かない、近付いても小屋があると気づけない、まやかしのような魔術だった。

ランドルがここにたどり着けるのは、祖父の作った特別な通行証となる魔術石《まじゅつ》を持っているためだ。ランドルの持っているものと、ノアの持っているものの二つしかないそれを身につけている限り、結界に惑《まど》わされることはない。

そういったわけだから、いくら森に獣人が入り込んでいたとしても、ここが見つかる恐《おそ》れはほとんどないのだが、結界自体に何か問題が生じる可能性はある。

例えば、水の魔術は土や火と相性《あいしょう》が悪く、大雨のあとの土砂《どしゃくず》崩れで結界の要《かなめ》になる魔術石が土砂に埋《う》もれて一時的に結界が解けてしまったことがあった。

掘《ほ》り返しただけですぐに結界は復旧したが、あのときは驚《おどろ》いたなと思い返しつつ、ノアは家の裏手へと回ったのだが……。

「え……？」

結界の外に、何かがいた。

一瞬、獣の死体だろうかと思ったのは、それがぴくりとも動いていなかったことと、真っ黒な布に包まれていたこと、その外に出ていたのが黒い頭だけだったこと、そしてなによりその頭の上に生えていた耳のせいだろう。

ノアは結界から出ないように気をつけつつ、そろりそろりとそれに近付いていった。

黒い髪《かみ》に黒い耳。体は人族の子どものようなのに、頭の上には三角の耳がある。

「獣人……の子ども？」

思わずぽつりと零れた呟《つぶや》きにも、特に反応はない。血が染《し》みこんでいるのか、周囲はところどころ土の色がおかしい。やはり死んでいるのだろうか。

先ほど聞いたばかりのクーデターという単語が、脳裏《のうり》をよぎる。巻き込まれて逃《に》げてきたのだろうか？ ほかにもいるかもしれないと辺りを見回したが、周囲に人影《ひとかげ》はないし、気配も感じない。死体を放置していったのか、それともこの子どもだけが自力でここまでたどり着いたのかの判断はつかなかった。

だが、もしもまだ生きているなら急いだほうがいいだろう。

本来なら警備隊に連絡《れんらく》をしなければならないが、状態からして正規のルートで国境を越えたとも思えない。見殺しにするのも、処分されると分かっていて引き渡《わた》すのも忍《しの》びなかった。

ためらったのは一瞬だ。ノアは結界から足を踏《ふ》み出し、子どもへと近付く。結界の通行証である魔術石は小さな革袋《かわぶくろ》に入れ、常に首から下げているので問題はない。死体ではありませんようにと祈りつつ触《ふ》れると、まだ体温はあった。

ほっとしたものの、布を捲《まく》ったノアは思わず息を呑《の》む。どうやら安心できるような状態ではないようだ。真っ黒な布だと思ったのは、少年の体には大きすぎるサイズのマントだった。マントはその下の服ごと斜《なな》めに切り裂《さ》かれており、出血が酷い。ノアは迷わずその背に向かって治癒《ちゆ》魔術を施《ほどこ》していく。本当はさっさと結界の中に運び入れたかったが、動かすのは危険だと思ったのだ。

おそろしいほどの速さで、魔力が引き出されるのを感じ、傷の深さにぞっとする。だが、こうして魔力が引き出されている以上、まだ生きているということでもある。死体であれば、治癒魔術を施すことは不可能なのだから……。

亡《な》くなった祖父を思い胸の奥がちりりと痛む。

その痛みをかき消すように、ノアは魔力が枯渇《こかつ》する限界まで注ぎ込むと、魔術を解除し、子どもの顔をのぞき込んだ。

目は閉じられたままで意識は戻《もど》っていないようだが、とりあえず呼吸は落ち着いているように思う。

ノアは治癒魔術を使えるが、医者というわけではないし、仕事として治癒を請《う》け負ったこともない。魔術石と符を作る以外では、自分と、生前の祖父のために使っていただけだから、加減がよく分からない。これほど大きな怪我《けが》をすることは自分も祖父もなかった。

とりあえず今日はこれで様子を見ようと思いつつ、ノアはその小さな体を抱《だ》き上げる。途端《とたん》に足下《あしもと》になにかが落ちたが、とりあえず構うことなく、家へと戻った。

すぐにベッドに寝《ね》かしてやりたい気持ちはあったが、このままではそこら中が血塗《ちまみ》れになってしまう。暖炉《だんろ》の前に一旦寝かせて血に濡《ぬ》れた服を脱《ぬ》がそうとして、おかしなことに気付く。

「……どういう状況《じょうきょう》だ?」

少年はズボンを穿《は》いていなかった。身に纏《まと》っているのは大きすぎるマントと、やはり大きなシャツとベスト。それだけだ。訳が分からず一瞬呆然《いっしゅんぼうぜん》としたが、すぐにそんなことに構っている場合ではないと思い直した。

傷が塞《ふさ》がっていることを確認《かくにん》しながら、湯で絞《しぼ》った布で肌《はだ》を拭《ぬぐ》う。そのときになって、少年が首飾《くびかざ》りをしていることに気付いた。いや正確には、首飾りではなく、チェーンに指輪を通して下げているようだ。

自分が常に身につけている、通行証に似たものを感じる。魔術の気配がするのだ。宝石を魔術石にしたのだろうか。

だが、悪いもののようには思えなかったし、治療《ちりょう》の邪魔《じゃま》になるというほどのものではなかった。おそらく大切なものだろうと思い、外さないままにしておくことにする。そうしてざっと血や土を拭い終わると、服ではなく、毛布を巻き付けて寝室《しんしつ》のベッドへと運ぶ。

その頃《ころ》には、魔力が枯渇しつつあるせいで、ノア自身の足取りも相当おぼつかなくなっていた。それでもどうにか寝室の暖炉に火の魔術石を入れたところまでは覚えている。

気付くとノアは、倒《たお》れ込むように少年の横で眠《ねむ》りについていた……。

次に目を覚ましたとき、家の中は真っ暗になっていた。

ノアは状況が呑み込めず、ランプのある場所に手を伸《の》ばすと魔力を流して明かりを点《つ》ける。そうして、自分の横に人影を見つけてようやく、怪我をした子どもを拾ったのだと思い出した。

少年はまだ眠ったままだった。怪我人の横で眠ってしまうなんてとノアは慌《あわ》てたが、幸い寝相はいいほうだ。傷に障《さわ》るようなことはなかったと思いたい。だが、少し熱が出ているらしい。眠ったままの少年の顔は赤く、呼吸も荒《あら》い。

木でできた窓を少しだけ開けて外を見ると、すっかり日は落ちていた。一体どれくらい眠っていたのだろう？　はっきりとは分からないが、回復している魔力量からして、四、五時間というところだろうか。まだ日付が変わる前だろう。

ノアは少年に、治癒魔術をもう一度かける。一体どれほど酷《ひど》い状態だったのか、それでもまだ治しきることはできそうになかった。だが、顔の赤みは引き、呼吸も正常の範囲《はんい》になったように思える。少なくとも、命の危機は脱《だつ》しているはずだ。

ノアはとりあえず眠っている少年に、自分のクロゼットから出したシャツを着せ、一旦寝室を出ると、そのまま外へと向かう。すっかり空になってしまった水瓶《みずがめ》を満たし、夕食には遅《おそ》いが、何か口に入れようと思ったためだ。

慌てていたせいで、放《ほう》り出してしまったバケツの回収をしつつ、結界の中から少年の倒れていた辺りを軽く見回したが、相変わらず他に人の気配はなかった。ただ、少年のいた場所に、やはりどう考えてもサイズの合わないズボンやブーツが投げ出されていて、一体何があったのだろうと思う。先ほど少年を抱き上げたとき、なにかが落ちた気はしたが、まさかこの服だったのだろうか？　子どもに大きめの服を着せることはおかしなことではない。だが、さすがに大きすぎるとも思う。ズボンは裾《すそ》が折られているわけでもないし、ブーツのほうのサイズは明らかにおかしい。

クーデターで戦火に巻かれ、ここまで逃げてきたのだろうとは思うが、その際誰《だれ》かが一緒《いっしょ》だったのだろうか。いや、だからといってズボンやブーツまでおいていくのはおかしい。

森は広く、アメイジア王国内で怪我を負ったとしたら、少年が一人でここまで来るのはさすがに難しいように思うから、誰か別の人間が一緒だったと考えること自体は、むしろおかしくないのだけれど……。

まぁ、少年が目覚めれば分かることだし、分からなかったとしても深入りするべきではない。

ランドルの話では、クーデターはもう鎮圧《ちんあつ》されたということだし、怪我さえ治れば森を抜《ぬ》けて国に戻ることも不可能ではないだろう。……多分。

服やブーツは念のため回収したあと、水を何度か汲《く》んで水瓶を満たした。寝室に様子を見に行くと、寝顔は随分《ずいぶん》と穏《おだ》やかになっている。治癒魔術が効いたのだろう。この調子ならば、目覚めれば何か食べられるかもしれない。

ノアは二人分のスープを作り始めた。簡単なものではあるが、今日ランドルが来たばかりということもあって、素材は豊富にあった。家の横の小さな畑から、いくつか野菜も収穫《しゅうかく》し、よく煮込《にこ》んでいく。

二人分の食事を作るのは久し振《ぶ》りだった。自分の分だけを作るときよりも丁寧《ていねい》に、味を調《ととの》える。

スープができあがったところで、ノアは再び寝室の様子を見に行った。ドアが開いたことで、スープの香《かお》りが入り込んだのだろう。少年が香りを確かめるようにすんすんと、鼻を鳴らした。耳が様子を探《さぐ》ろうとしているかのように、ぴくぴくと動いている。

これは起きるかなとそう思った瞬間、まつげが震《ふる》え、そのままゆっくりと瞼《まぶた》が持ち上がっていく。

「……目が覚めた？」

驚《おどろ》かせないように、敢《あ》えて戸口から中に入らずにそっと声をかける。もちろん狭《せま》い家だから、それほど距離《きょり》があるわけではないのだが。

途端に少年はハッとしたように目を瞠《みは》り、そのまま起き上がろうとして顔を歪《ゆが》めつつ頽《くずお》れる。

ノアはあわててベッドに近寄ると、少年を抱き上げるようにして再びベッドに横にならせた。

「怪我をしているんだ。無理に動かないほうがいい」

傷口を塞いだとはいえ、中まで全《すべ》て治ったわけではないはずだ。これほどの怪我を治したことはないから、ノアにも分かっていないことが多い。

少年はどこか警戒《けいかい》したように、耳をピンと立て、ノアをじっと見つめてくる。その様子が逆にかわいらしく、同時に気の毒に思えて、ノアはできるだけ柔《やわ》らかい微笑《ほほえ》みを浮《う》かべた。

「君はうちの裏手に倒れていたんだよ。覚えてない?」

聞きながらも、少年の目にこの家は映らなかったはずだから、覚えているはずもないだろうなとは思う。だが、事実ではある。

案の定、少年は小さく頭《かぶり》を振《ふ》る。

「そうか。まぁ話はもう少し元気になってからしよう。今はゆっくり眠るといいよ。食事の支《し》度《たく》はしたけど……次に起きたときに食べられそうだったらにしよう」

ノアがそう言ったのは、少年がじっとノアを見つめながらも何度も瞼を落としては、ハッとしたように目を見開いていたからだ。おそらくまだ眠りを欲《ほっ》しているのだろう。

ノアの言葉を聞いてからも多少抗《あらが》おうとはしたようだったが、結局眠気に吞まれるように再び眠りへと落ちていった。

ノアはほっと息をつくと、少年の体に布団《ふとん》をかけ直し、そっと部屋を出てドアを閉める。

その後ノアは一人で食事を終えると、念のため、寝室に椅子《いす》を運び込んで眠った。寝相は悪くないと思うが、一緒に眠って万が一怪我に障るようなことがあればよくないし、かといって別の部屋で寝《ね》るのも気がかりだったためだ。

少年は昏々《こんこん》と眠り続け、目を覚ましたのは、ノアが再び回復した魔力を使って治癒《ちゆ》魔術を掛《か》けたあとだった。

「おはよう」

昨夜起きたときよりは落ち着いた様子で、急に起き上がるようなこともしない。ただ、じっと観察するかのようにノアを見つめている。

「具合はどう？　何か食べられそうなら、スープがあるけど」

「……………ここは？」

食事よりは、まずは現状の把握《はあく》をしたいということだろう。随分と警戒している様子だが、それも仕方がないと思える。

「アメイジア王国とルクセン王国の間にある国境の森の端《はし》だよ。ルクセン王国の領土になる」

「アメイジア……ルクセン……国境の……」

少年はノアの言葉をブツブツと口の中で繰《く》り返す。

「昨夜も言ったけど、君はうちの裏手で倒れていたんだ」

流れ出た血の量が多すぎたのだろう。だが、傷はもう塞がっているため、それは言わずにおいた。

「アメイジア王国ではクーデターがあったという話だから、それに巻き込まれたのかな？　もう収まったという話も聞いたから、国境の警備が厳しくなっていなければ帰れるとは思うけど……」

小競《こぜ》り合いのあった頃はともかく、二国間が小康状態である今は、特にルクセン王国側では警備隊が見張っているというようなことはない。

もちろん、獣人《じゅうじん》が見つかればただではすまないだろうが、村に近付かない限りは、検問があるわけでもない。

だが、鎮圧されたとはいえクーデター直後であるアメイジア王国側は分からないというのが正直なところだ。

「とりあえずは元気になることだけ考えればいい」

「どうして……？」

「うん？」

「いえ、あなたは、その……俺の知り合いというわけでは、ないんですよね？」

子どもらしからぬ丁寧な口調に、ノアは軽く目を瞠った。ひょっとして、話に聞く『貴族』とやらの子弟《してい》なのだろうか？　いや、そうであればむしろ尊大な口調なのか？

ノアの知識はほとんどが祖父の話か、本、たまにランドルの父やランドルから聞きかじったものだけなので、世間のことには疎《うと》い自覚がある。

そういえば、首に掛けていた指輪は魔術《まじゅつ》を抜きにしても高価そうだった。体も、生傷こそあれ、痩《や》せ細っているということはなかったから、少なくとも貧しい生活をしていたわけではないだろう。

だが、そう思ったことは口に出さず、少年の言葉に頷《うなず》いた。

「俺はルクセン人だからね。あ、でも獣人に偏見《へんけん》はないつもりだから、安心していい」

それは本当だ。自身が魔術師という、一種の異端《いたん》であることや、祖父の教育もあって、ノア自身は獣人を下等だとも野蛮《やばん》だとも思ったことはない。

まぁ、祖父は誰でも平等に警戒していただけと言えなくもないが……。

しかし。

「獣人……」

どこか怪訝《けげん》そうにそう言われて、ノアはぱちりと瞬《しばたた》く。どうしてそんな顔をするのか分からなかった。

耳も尻尾《しっぽ》も出たままだというのに、隠《かく》していたつもりなのだろうか？　いや、そうだとしてもこの反応は何かおかしいような……？

「ええと、君はどう見ても獣人だけど……耳からして、狼系《おおかみ》……かな？」

戸惑《とまど》いながらもノアがそう言って頭の上を指さすと、少年はおそるおそるといった様子で自分の頭の上に手を伸《の》ばした。

そして、耳に手が触《ふ》れた途端《とたん》ハッとしたように目を瞠る。それから、まじまじとノアを見つめた。視線の先にあるのはおそらく、耳である。

違《ちが》いを見ているのだ。ひょっとすると、人族を見るのが初めてなのだろうか？　しかし……

先ほどの反応はむしろ……。

――自分が獣人だと知らなかった？　そんなことがあるだろうか？

知らずに怪訝な目をしていたのだろうか、少年はノアの視線を避《さ》けるように顔を伏《ふ》せている。

「まぁ、いいや。とりあえず今は怪我《けが》を治すことだけ考えればいいよ」

ノアの言葉に少年が驚いたように顔を上げる。

「それでどうする？　食事はできそう？」

「……は、はい」

少し恥《は》ずかしそうに頬《ほお》を染めつつも、少年は素直《すなお》に頷いた。

「じゃあ、ちょっと待ってて」

ノアはそう言うと寝室《しんしつ》のドアを閉め、踵《きびす》を返した。

分からないことは多いが、少年の気質は悪いものではなさそうに思うし、助けられてよかったと思う。

獣人族は人族より力が強いと聞くが、心配する必要もなさそうだ。さすがにこの体格差ならば、害されることなどないだろうと思ってはいたけれど……。

そんなことを考えつつ、暖炉《だんろ》に掛けて温めておいたスープを木製のボウルに二人分取り分ける。

そうして、それぞれボウルにスプーンを突《つ》っ込むと、それを手に寝室へと戻《もど》った。

「はい、熱いから気をつけて」

そういってボウルを渡《わた》すと、少年は中身に目を落とし、おそるおそるといった様子でスプーンを口に運ぶ。ノアはそれを横目で見つつ、ベッドの脇《わき》の椅子に腰《こし》掛《か》けたのだが……。

「っ……」

熱かったのだろう。あわてて口を離《はな》したのを見て、ノアは思わず笑った。

「だから気をつけてと言ったのに」

クスクスと笑いながらもノアはさっと立ち上がると、水を汲《く》んで戻ってくる。

「ほら」

「あ、ありがとうございます」

少年は受け取ると、舌を冷やすように水を口に含《ふく》んで飲み込んだ。それからまたスープに取りかかる。

しばらくスプーンを見つめていたが、思い切ったように唇《くちびる》を近づけて、また熱さに目を白黒させている。

ひょっとして、冷まし方が分からないのだろうか？　そんなことがあるだろうか？　だが、相手は獣人であり、自分たちとは生活習慣が違うのかもしれない。

例えば、熱いものを食べる習慣がないとか……？

「ちょっと貸して」

不思議に思いはしたものの、結局見ていられずに、ノアは少年からスプーンを取り上げる。

不安そうな顔になった少年に微笑むと、スプーンでスープを掬《すく》い、ふうふうと息を吹《ふ》きかける。

「こうやって冷ますんだ。ほら、口を開けて」

「えっ」

「もう熱くないから大丈夫《だいじょうぶ》」

ノアが重ねて言うと、少年は覚悟《かくご》を決めたようにおそるおそる口を開ける。舌が少し赤くなっていて、かわいそうに思いつつ、スープを飲ませる。

「どう？」

「……おいしい、です」

「それはよかった」

恥ずかしそうに頬を染めつつもそう言った少年に、ノアは頷いてスプーンを返した。

おいしいというのはお世辞ではなかったらしく、少年はすぐに今度はちゃんとスープに息を吹きかけて冷ましながら飲んでいる。それにほっとしつつ、ノアもさっさと自分の分のスープを飲み始める。

「あの……」

「何？」

少年が声をかけてきたのは、ちょうどボウルが空になる頃《ころ》だった。

「実は……その」

言いよどむ少年に、ノアは首をかしげる。

「あ、おかわり？」

「ち、違います！」

ノアの言葉に少年は慌《あわ》てたように頭《かぶり》を振《ふ》った。

「そうでは、なくて……」

言葉に迷うように、口を開いては閉じる。随分《ずいぶん》と言いにくいことのようだ。

「……トイレ？」

「違っ……！」

少年は頬を染めて頭を振る。別に生理現象なのだし、お互《たが》い男なのだからそこまで恥じ入らなくてもいいと思うのだが。

「そうじゃなくて！　俺！　覚えてないんです！」

覚えてない？

思わぬ言葉に、ノアはぱちりと瞬く。

「何を？」

「……何もかも、です」

「何もかも？　それってどういう……」

正直、言っている意味が分からなかった。ここに至るまでの経緯《けいい》が分からないということなら、怪我をして意識がないうちに運ばれてきたなどの可能性もあるとは思うが……。

「────……俺、自分の名前も、どこから来たのかも、覚えていないんです」

「……え？」

自分の名前を覚えていない？　そんなことがあるのだろうか？

以前、記憶《きおく》を失った男が出てくる本を読んだことがあったけれど、現実にもあり得ることなのだろうか。

「自分が誰《だれ》かも、分からなくて……どうしてこんなことになっているのか……」

信じられないような話だったが、少年が嘘《うそ》をついているようにも思えなかった。口調は真剣《しんけん》で、表情にはその年頃《としごろ》の少年らしからぬ苦悩《くのう》がありありと浮《う》かび、灰色の瞳《ひとみ》は不安げに揺《ゆ》れている。

今の話が本当ならば、食事の前にした会話についても納得《なっとく》がいく。

自分が獣人《じゅうじん》であることを忘れていたのなら……。

どうしたものだろうと思ったけれど、少年が不安げな瞳でこちらを見つめていることに気付

いて、ノアは安心させるように自然と微笑《ほほえ》んでいた。

困ったことになった、と内心思ったが、それを表に出すのはあまりにも少年が気の毒というものだ。

自分のことが分からないなんて、それだけでも随分不安だろうに。

「正直、俺にも何が何だか分からないけど……でも、とりあえず怪我を治すことに専念したほうがいいっていうのには変わりないよ。そのうち思い出すかもしれないし」

「…………はい」

少年はこくりと頷《うなず》く。

「――――……俺は、ノア」

本当は、言うつもりはなかった。

獣人は、できるだけ関《かか》わり合いにならないほうがいい相手だ。お互いに名前など聞かずとも治療《ちりょう》はできる。数日のことなのだから、何も事情など知らないほうが、かえって都合がいいだろうと、そう思っていたのだ。

けれど……。

「君の名前はなんにしようか？」

ノアの言葉に、少年は驚《おどろ》いたように目を瞠《みは》る。

「もちろん、思い出すまでの間だけど……しばらく一緒《いっしょ》にいるなら、ないと不便だろう？」

思い出すまではここにいていいと言われたのだと、分かったのだろう。少年は唇を震《ふる》わせて、それから小さく頷く。

「ありがとう、ございます」

「気にしなくていいよ。それで、どうする？」

ノアの言葉に、少年は迷うことなく口を開く。

「ノアが決めてください」

「俺が決めていいの？」

「はい、お願いします」

あっさり頷かれて、ノアはうーん、とうなり声を上げる。すぐにでも思い出すかもしれないし、それほど凝《こ》ったものではなくていいだろうけれど……。

「レイ、はどうかな？」

「レイ……」

「いやだった？」

ノアが訊《き》くと、レイはぶんぶんと頭を振る。

「いやじゃありません！」

「じゃあ、本当の名前を思い出すまで、君のことはレイって呼ぶね」

「はい……！」

こうしてノアは、記憶を失った獣人の少年——レイと共に暮らすことになったのだった。

◆

「ノア、くつくつしてきましたよ」

レイの言葉に、ノアは刻んでいた野菜を手にして鍋《なべ》に近付く。確かに沸騰《ふっとう》しているのを確認《かくにん》して、鍋へと入れた。

「じゃ今度は零《こぼ》さないように、ゆっくりかき混ぜて」

「はい」

「いい子」

素直《すなお》な返事にそう言って笑うと、レイはうれしそうに頬《ほお》を染めた。

レイがここに来てから半月。もうすっかり傷もよくなり、一時期はボサボサで毛量も少なく、一部は焼け焦《こ》げてさえいた尻尾《しっぽ》にも艶《つや》が戻《もど》ってきている。生えそろうにはまだかかるだろうけれど……。

レイは名前をつけてあげてからも、しばらくはどこか緊張《きんちょう》したような警戒《けいかい》が抜《ぬ》けなかったけれど、今はすっかり気を許してくれている。

むしろ許しすぎていると言えなくもない。淋《さび》しいのか、もともと人懐《ひとなつ》こい質《たち》なのか、ノアにくっついているのが好きらしく、手の空いているときはずっとくっついていたがるほどだ。

ノアはノアで、祖父が亡《な》くなって以来一人で暮らしていたことが、実は淋しかったのだと気付いた。

だからこそ、すんなりとレイを家に置くことにしたのだと……。

そう気付かされるくらい、レイとの生活は楽しい。もちろん、レイは獣人だから、万が一にもここにいることを知られるわけにはいかないし、のびのびとした暮らしはさせてあげられないのが気の毒だけれど。

ランドル以外が来ることなどないはずだが、念のため夜以外、外には出ないように言ってある。もちろん、夜でも外に出るときはフードを着用して、尻尾もズボンに入れる約束になっているし、出るときはノアと一緒だ。

魔術《まじゅつ》の素養がないものには、結界の中にいるときでさえ、結界との境目が把握《はあく》できないため、うっかり外に出た場合戻ってこられなくなるからだ。

レイにはそのことも話したし、この国と獣人の関係についても話してあるから、反発するようなことはなかった。

最初は家から出ないように言っていたのだけれど、まったく外に出られないのもかわいそうに思えて、夜に水が足りないからランプを持ってついてきて欲しい、とお願いしたのがきっかけだ。

泉があるのは家のすぐ近くだ。なのに、うきうきとした様子のレイを見ていたら不憫《ふびん》に思えてしまい、それ以来夜の水汲《みずく》みは日課になっていた。

ほんの少し、外の空気を吸う程度の時間だけれど、外に出られるだけでなく、手伝いができることがうれしいのだとレイは言う。

その言葉に嘘はないらしく、こうして夕食の支度《したく》を手伝っているときも、レイはただただ楽しそうだった。

「そういえば、どうしてノアは俺の名前を『レイ』にしたんです？」

鍋を混ぜながらそう訊かれて、ノアはパンの焼け具合を見つつ答える。

「レイの目がきれいな灰色だったから。でもグレイ、じゃそのままずぎると思って」

「ふうん……」

目の色から、なんて単純すぎて気に食わなかっただろうかと、心配になってちらりとレイを見ると、その頬が赤く染まっていた。尻尾もうれしそうに揺れている。

どうやら嫌《いや》ではなかったらしい。

その分かりやすさにほっとして、思わず笑いが零れた。

「どうして笑うんですか？」

「かわいいなと思って」

素直にそう言ったノアに、レイは不満げに唇《くちびる》を尖《とが》らせた。尻尾が少し不機嫌《ふきげん》そうにパサリ、と動いた。喜んでいるときとは違《ちが》う動きなのだと、最近ははっきり分かるようになってきている。

かわいいではなく、かっこいいと言われたい年頃《としごろ》なのかもしれない。といっても、正確な歳《とし》は分からないのだが……。

もし獣人《じゅうじん》と人の外見年齢《ねんれい》に相違《そうい》がないとしても、子どもを見たことがないノアには、その歳がよく分からない。

身長はノアの胸よりも低いし、十歳にはなっていないのではないかと思うが、定《さだ》かではなかった。

ただ分かるのは、レイがとても素直でかわいく、ものの覚えもよく、そして自分に懐いてしまったということ。

自分にとって祖父と、たまに来る商人だけが世界の住人だったのと同じように、記憶《きおく》を失ったレイにとっては、ノアだけが世界の住人なのだから仕方のないことなのだろう。

「――……ほうがかわいい」

鍋の煮《に》たつ音に紛《まぎ》れるほど小声で、レイが何かを言った。

「うん？」

見れば、レイの頬は先ほどより赤い。

「ノアのほうが、かわいいって言ったんです！　目だって、ノアの色のほうがきれいだし！」

まるで怒《おこ》っているような口調で褒《ほ》められて、くすぐったさに笑う。

「俺は男だし、大人だからかわいくはないだろ？　目は……レイが気に入ったのならよかったけど」

ほんの少しほろ苦い気持ちが混じってしまったのに気付いたのか、レイがハッとしたようにノアを見る。

「……かわいいって言ったの、いやでしたか？」

少し不安げな目をしたレイに、ノアはあわてて頭《かぶり》を振《ふ》る。

「いやじゃないよ」

自分がかわいいとは思えなかったが、いやだったわけではない。問題は、目のほうだ。

ノアの目は、赤と紫《むらさき》の中間のような色をしている。

魔術師は赤に近い目をしているほど魔力が強いとされ、魔術師以外にここまで赤に近い目をしているものはいない。オレンジならばいるけれど、紫というだけでも疑われる。青に近い紫ならばともかく、ここまで赤に近ければ、一目で魔術師だとばれてしまう。

だからこそノアは人前に出ることもできず、この家に――森に閉じこもって暮らしているのだ。

魔術師は戦争で兵器のように酷使《こくし》された歴史から大幅《おおはば》に数を減らし、今では数えるほどしかいない。そして、ほとんどが王族や貴族、大商人に囲われているか、ノアや亡き祖父のように隠遁《いんとん》していると聞いていた。

街で暮らす者もいるけれど、それはかなりの少数派であり、自分の力で身を守れるか、もしくは大して力がないかのどちらかだという。ノアはそのどちらにも当てはまらない。治癒《ちゆ》魔術の力は強く、自分で身を守る力はない。だから、ここにいる。

もっとも、全《すべ》てが祖父から聞いた話であり、実際に自分がここから出たときに、どのようなことが起こるのかを知っているわけではない。自分が幼い頃《ころ》に酷《ひど》いことがあった、という話は聞いているけれど、その記憶もノアにはなかった。

ただ、ランドルのような男を見ていると、祖父の言っていた、外の世界には信用できない人間が多く、危険なのだという言葉が、真実なのではないかと思える。

そんなわけで、ノアにとってこの瞳《ひとみ》の色に関する感情は少し複雑なのである。

だが、そんなことはレイには関係のないことだ。

「レイに言われるならうれしいよ。ありがとう」

レイはあまり納得《なっとく》できなかったようだが、小さく頷《うなず》いた。しかし耳は垂れ、尻尾はくるんと丸まって足の間に入っている。少し落ち込んでいるようだ。その分かりやすすぎる様子にノアは苦笑《くしょう》した。

けれど……。

「さ、そろそろパンが焼けるよ。スープの味見をしてくれる？」

空気を切り替《か》えようと、少し声を張って言えば、レイの目はキラリと輝《かがや》いた。

「はい！」

大きく頷いたレイに、やっぱりかわいいのはレイのほうだと思いつつ、ノアは小さな皿にスープを少し掬《すく》うと、ふっと息を吹《ふ》きかけてからレイに手渡《てわた》した。

レイはクンクンとうれしそうに鼻を鳴らし、そっと皿に口をつける。

「！……すごくおいしいです」

「よかった。じゃあ、夕食にしよう」

竈《かまど》からスープの入った鍋《なべ》を持ち上げ、暖炉《だんろ》の上に移動する。

ボウルにスープを注いで、テーブルの中央にパンの入ったかごを置く。

スープと、木の実を練り込んだ薄焼《うすや》きパン。それだけのメニューだけれど、レイは満足そうだ。

ゆっくりとスープを冷ましながら口に運んでいく。

獣人だからなのか、やはりレイはノアに比べて熱いものが苦手のようだ。獣人は皆《みな》そうなのか少し気になるところだ。

うれしそうに食事をしているレイを見ながら、ノアは密《ひそ》かに悩《なや》む。

食材はまだある。レイはノアよりも食べる量が少ないし、今が実りの多い秋であることも手伝って、困ることはない。

だが、今後は違う。冬が近付くにつれ自然の実りも、畑の収穫《しゅうかく》も減る。だからといって、祖父が亡《な》くなって以降、ランドルから買い取る食材を減らしたノアが、もっと多くの食材を求めれば、ランドルは何があったのかと勘《かん》ぐるだろう。

だからといって、今までと同じ量では今後無理が出る。レイの食事を減らすようなことだけはしたくなかった。

狩《か》りにでも出られればいいのだが、結界内には動物も入ってこないため、結界の外に出る必要がある。それに、そもそも狩りのことなど本の情報でしか知らないノアに、一朝一夕《いっちょういっせき》で獲物《えもの》が捕《と》れるとも思えなかった。

「ノア？　何か心配事ですか？」

「――――うん。なんでもない」

「本当に？　何かあったら俺に言ってくださいね」

いかにも生意気な言葉なのに、なぜだか頼《たの》もしく思えるくらい堂々と言われて、ノアは笑いながら頷く。

祖父との静穏《せいおん》な生活も嫌《きら》いではなかったけれど、レイとの生活はそれより少しだけ賑《にぎ》やかで楽しい。

もちろん、レイの記憶が戻《もど》るまでの、一時的なものに過ぎないと分かってはいる。

だが、怪我《けが》が治ってからも、レイに記憶が戻る気配は一向になかった。レイ本人に言ったことはないが、ずっとこのままだったらどうすればいいのだろうと、ノアが悩む時間も増えてきている。

レイがただの人族だったら、このままここで暮らすことも難しくはなかっただろう。ランドルを頼《たよ》って、レイの関係者を捜《さが》してもらうこともできたかもしれない。ランドルに借りを作るのはいやだが、レイのためなら多少の無理は呑み込める気がする。最近ではそれくらい、レイのことがかわいく思えてきてしまって……困っているくらいだ。

けれど、実際はそれ以前の問題だった。

レイは獣人であり、その時点でランドルには絶対に頼れない。ランドルに限らず、ここに獣人の子どもがいることを知られることは、レイの安全が脅《おびや》かされることに直結する。

おそらくだが、すぐにでも警備隊に身柄《みがら》を拘束《こうそく》されてしまうだろう。その結果、アメイジア王国に強制送還《そうかん》されるというならまだいい。処刑《しょけい》されたり、奴隷《どれい》商人の手にでも渡《わた》ったりするようなことがあれば……。

あくまで想像だが、考えただけでもおそろしく、絶対にそんな危険は冒《おか》せないと思う。

ノアはため息を零《こぼ》し、ちぎったパンを口に運ぶ。

「ノア？　どうかしましたか？」

心配そうに声をかけられて、ノアはハッと顔を上げる。

「何でもないよ」

慌《あわ》ててそう口にしたけれど、レイはピンと耳を立て、じっとノアを見つめたままだ。先ほどまで口に食事を運ぶべく忙《いそが》しく動いていた手も、止まってしまっている。

ノアは苦笑を浮《う》かべた。

「これからのことを考えていたんだ」

「……これからのこと？」

レイの表情が硬《かた》く強《こわ》ばる。それを見てノアは、自分が考えてしまうのと同じように、レイもまた、今後の自分の身の振り方について不安を感じているのだと気付いた。

そしてきっと、その不安はノアの持つものとは比べものにならないほど大きいのではないかとも……。

レイがもっと幼ければ、そこまで考えは及《およ》ばなかったかもしれないが、レイはとても聡明《そうめい》な少年だ。もっと、早く気付いてあげるべきだったと、ノアは自分の未熟さを反省した。

「あのねレイ、俺はレイの記《き》憶《おく》が戻るまで……ううん、戻ってからもレイが望むなら、ずっとここにいてもらってもいいと――むしろ、いて欲しいと思ってる」

ノアの言葉に、レイが大きく目を見開く。

「ほ、本当に？　ずっとノアと一緒《いっしょ》にいていいんですか？」

「記憶が戻っても、レイがそう望むならね」

そう口にしながらも内心では、記憶が戻って親兄弟がいると分かれば、レイは帰ることを選《せん》択《たく》するだろうとは思う。そうでなくとも、自由に生きていたことを思い出せば、こんな小さな家に閉じこもって暮らすことをよしとはしないのではないだろうか。

けれど、ノアにとっては紛《まぎ》れもない本心だった。レイがずっとここにいてくれればいいのにと、思ってしまう。

せめて、もう少し成長し、一人でも森を抜《ぬ》けられるようになるまでは……。

「でも、迷惑《めいわく》じゃないんですか？」

「迷惑なわけないだろ。俺は、レイがいてくれて本当に楽しいよ」

「それなら俺、ずっとノアと一緒にいたいです！　記憶が戻っても絶対！」

「……ありがとう」

先のことは分からなくても、今レイがそう思ってくれていることはうれしい。

食料の問題は依然《いぜん》解決の目処《めど》が立たないが、レイの気持ちが聞けたことに安心した。レイもまた、自分と一緒にいたいと思ってくれている。

ならば、アメイジア王国に帰す方法を模索《もさく》するのではなく、どうにかしてここで過ごせるように解決するしかない。

春になったら、畑を祖父がいた頃の広さに戻そうとは思う。いや、少し広げてもいいだろう。

だが、当然収穫はずっと先になる。

それまでを凌《しの》ぐにはやはり、ランドルから買い付ける量を増やすのが一番ではある。

次にランドルが来るのは、半月後の予定だ。それまでに、人が増えたことに気付かれずにどうにかする妙案《みょうあん》を思いつけばいいのだが……。
そんなことを考えつつ、ノアは食事を再開した。

◆

その日は、朝からレイの調子がおかしかった。

レイさえよければずっとここにいていいのだと話したことがよかったのか、ここ数日は今まで以上に楽しげに過ごしていたのだが……。

目覚めたときからどこかぼうっとしており、注意力も落ちているようだった。

心配だったので、火や刃物《はもの》を使うような作業からは遠ざけていたのだが、それが不満だったのだろうか。どこにいてもじっとノアを見つめていた。かわいそうではあったが、様子がおかしいことは間違《まちが》いないし、怪我をさせるよりはいいだろう。

寝室《しんしつ》で休んでいてもいいと言ったのだが、頑《がん》として首を縦に振《ふ》らず、それどころかいつも以上にくっついてきた。ひょっとして体調が悪いのではと思ったのは、その甘えるような態度のせいもある。

幼い頃《ころ》は体調が悪くなって、祖父に甘えたことが、ノアにもあったからだ。祖父は厳しい人だったが、ノアが体調を崩《くず》したときは、同じベッドで眠《ねむ》ってくれた。

もっとも、ノアは普段《ふだん》からレイに求められるままに、一緒のベッドで眠っているのだが……。

寝室で休んでいいと言ったのを嫌《いや》がったのは、一人で眠りたくないせいもあるのかもしれない。

だが、本格的に調子を崩し出したのは、日が落ちてからだ。食事の支度《したく》をしていたノアに、ソファで休んでいたはずのレイが背後から抱《だ》きついてきたのだが、その体がいつもより熱を帯びているように感じたのである。

スリスリと頬《ほお》をすり寄せるレイに腕《うで》を外させ、抱き上げてソファまで運んだ。目線を合わせて額に手を当てる。やはり少し熱い。

「喉《のど》や頭が痛いとか、気持ちが悪いとか、そういうのはない？」

ノアの問いかけに、レイはゆっくりと頭《かぶり》を振る。

レイの子どもらしく柔《やわ》らかな頬は赤くほてり、体温もいつもより高いように思う。熱のせいなのか、目もわずかに潤《うる》んでいるようだ。

ノアは尋《たず》ねながらも、レイにこっそり治癒《ちゆ》の魔術《まじゅつ》を施《ほどこ》した。けれど、変化はない。魔力が吸われる感覚もなかった。

――――どうしよう。

焦燥《しょうそう》に胸が焼けるように痛む。亡《な》くなる前の祖父に何度も何度も、できる限りの治癒魔術を施したことを思い出してしまう。

最初のうちは吸われていた魔力が徐々《じょじょ》に吸われなくなり、治癒魔術が効かなくなったことに気付いたときの絶望が、胸にありありと蘇《よみがえ》ってくる。

祖父は寿命《じゅみょう》だと言い、ノアのおかげで痛くも苦しくもない、ありがとうと珍《めずら》しく笑ってくれたけれど……。

だが、こんなに小さな子が寿命を迎《むか》えているなどということがあるだろうか？

そんなはずはないと、縋《すが》るように考えて、ノアは堪《たま》らずにその小さな体を抱きしめた。すると、レイもまたノアをぎゅっと抱きしめ返す。

すり寄せた頰は熱のせいかいつもより乾《かわ》いていたが、腕の力は強く、病で弱っているようには思えないことにわずかだが安堵《あんど》した。

「お腹《なか》は空《す》いてる？」

「あんまり……」

曖昧《あいまい》な答えだったが、食べられるなら食べたほうがいいだろう。ノアは自分から離《はな》れたがらないレイを宥《なだ》めてスープを仕上げると、いつもと同じ量を盛り付ける。

「無理に食べきらなくても大丈夫《だいじょうぶ》だから」

「はい……」

頷《うなず》いてスプーンを手にしたものの、レイの視線がスープに向くことはなかった。なぜだかノアをじっと見つめている。食べさせて欲しいのだろうか？

不思議に思いつつもスプーンを受け取り、スープを掬《すく》う。息を吹《ふ》きかけてスープを冷ましたがその間もレイの視線はじっとノアへと向いていた。

「ほら、口を開けて」

だが、そう声をかければ素直《すなお》に従う。具合が悪くて飲めないというわけではなさそうだ。ぼんやりとしたようではあったが、一皿をきちんと飲みきったレイに、ノアはほっとする。

「気持ち悪くはない？」

「はい……おいしかったです」

よかったと思いつつも、それならばこの様子はどうしたことだろうと思う。単なる体調不良ならば、治癒魔術が効かないはずがないと思うのだが……。

「とりあえず食べられてよかった。歯を磨《みが》いて先に休んで」

「……ノアと一緒にいたいです」

ぼんやりとした調子はそのままなのに、ノアが休まないなら休まないとでもいうように、レイはまっすぐにノアを見つめている。

「……分かった。ちょっと待って」

ノアは冷めてしまったスープをさっさと飲み干し、レイと一緒に寝支度《ねじたく》を始めた。食器などを片付けるのは明日でもいいだろう。

体調が悪いならば、できるだけ甘やかしてやりたい気持ちは、ノアのほうにもあった。治癒魔術が効かない状況《じょうきょう》も、正直心配で仕方がない。

だが食欲はあるし、本人曰《いわ》く不調もないという。ひょっとすると、獣人《じゅうじん》特有の体質的なものかもしれない。だとしたら、治癒魔術が効かないことも納得《なっとく》できる。

レイに記憶《きおく》があれば何か分かったのだろうが……。もっと獣人について学んでおけばよかったと歯噛《はが》みするが、ルクセンには獣人に関しては偏《かたよ》った、差別的なもの以外はまったくと言っていいほど情報がないのである。

ともかく魔術が効かない以上、栄養を摂《と》り、ゆっくり体を休めるくらいしか思いつかない。

「ノア……」

「ここにいるから。もし俺が寝ていても、具合が悪くなったらすぐに起こしていいからね」

言いながら背中をゆっくりと撫《な》でてやると、レイはノアの胸に額を押しつけるようにして頷く。

明日にはよくなっているといいのだけれど。そう思いながら、ノアは腕の中のぬくもりをそっと抱きしめた。


「あ……ぅ……っ」

苦しげなうなり声がして、ノアの意識が急激に浮上《ふじょう》する。レイの様子を見守るつもりだったのに、いつの間に寝てしまったのだろう？

慌《あわ》てて体を起こす。室内は薄暗《うすぐら》く、光源は魔術石の入ったランプ一つしかない。ノアはランプに手を近づけると光量を上げる。魔術石は、普通の人間であれば発動後は魔術が尽《つ》きるまで一定量の魔力を放出し続けるだけだが、魔術師であれば発動させたり、魔力の放出を止めたり強めたり、と自由に調節がきくのである。

見れば布団《ふとん》が丸く盛り上がっていた。

「レイ？」

慌てて布団を引き剝《は》がすと、レイが丸くなっている。ベッドに入ったときよりも遥《はる》かに顔が赤い。呼吸も荒《あら》く、苦しそうだ。

「大丈夫⁉」

レイの肩《かた》に手を掛《か》けて軽く揺《ゆ》する。レイがハッとしたように顔を上げ、爛々《らんらん》とした目でノアを見つめた。

まるで獲物《えもの》を見つけた獣《けもの》のような目。なのに、その縁《ふち》からは今にも涙《なみだ》が零《こぼ》れそうだ。

「の、あ……」

「苦しいの？　待ってて、今水を――」

「行かないで……！」

ベッドから下りようとした途端《とたん》、いつものレイらしからぬ言葉で引き留められて、うしろから抱きつかれた。

「行か、ないで……ノア…！　ノア……」

縋るような腕を振《ふ》り解《ほど》くこともできず、ノアは身を捩《よじ》るようにしてレイを見下ろす。

「怖《こわ》い夢でも見たのか？」

熱に浮《う》かされて悪夢を見たのかもしれないと、そう思ったけれど、レイはゆっくりと頭を振る。

「ノア、ここにいて……」

「……いるよ。ここにいる。だから、安心して」

宥めるように、腹の前に回っている手を軽く叩《たた》く。

途端、ぐっと強い力で腰《こし》を引かれて、ノアは驚《おどろ》いて目を瞠《みは》った。抵抗《ていこう》するつもりがなかったせいか簡単にベッドに倒《たお》れ込む。

レイはノアから一旦《いったん》手を離し、のし掛かるように上からノアの肩辺りを押さえる。

「レイ？」

獣人は人より力が強く、それは子どもであってもそうなのだと感じる場面は、これまでにも多々あった。

だが、まさかここまでとは、と内心舌を巻く。力の加減ができないほどに錯乱《さくらん》しているのだとしたら、どうしてあげるべきなのか。熱を下げるだけなら、治癒魔術でなんとかならないだろうか？　先ほどは効いた様子がなかったが……。

そんなふうにノアが悩《なや》んでいると、レイがペロリと舌でノアの唇《くちびる》を舐《な》めた。

「っ……」

驚いてノアの思考が停止する。

ぺろぺろと、まるでここにおいしいものがあるとでも思っているかのように繰《く》り返し舐めら れて、ようやくノアは我《われ》に返った。

「こ、こらっ、レイ……っ」

「ノア…ノア……おいしそうな匂《にお》い……する…」

熱っぽい声でそう言って、レイがもう一度唇を舐める。

おいしそう？　ひょっとして、腹が空いているのだろうか？

確かに夕食はスープだけになってしまったから、空腹を感じていても不自然ではない。だが、だとしてもこの行動はさすがにおかしい。

しかし、おかしいのは行動だけではなかった。

自分の名を呼ぶレイの声、苦しそうな吐息《といき》の合間に、骨が軋《きし》むような、生木を折るようなミシミシという音がする。

一体何の音だろう？　状況も忘れてそう思ってしまうほど、その音は異質だった。なぜなら、あまりにも近くから聞こえているのだ。

そう、これではまるで、レイの中から……。

そう思った瞬間《しゅんかん》だった。

レイがノアの上にのしかかったまま、苦しげな声を上げる。

「う、ぐ……ぅ……っ」

「レイ⁉　大丈夫《だいじょうぶ》かっ？」

その間にも異音は止《や》まない。いや、むしろ大きくなった気さえする。そして……。

「う……そ……」

目の前で起きていることが信じられず、ノアは大きく目を見開いた。

レイの手が、体が、徐々《じょじょ》に大きくなっていく。

子どもらしい細い腕《うで》が、ノアの腕よりも太く長くなる。肩幅《かたはば》も広がり、レイの肩を押さえていた手も節くれ立った大人の手に……。体の大きさに耐《た》えられなくなった服が、悲鳴のような音を立てて破れる。

そうして気付けば、まるで十年もの時間を一瞬で飛び越《こ》えたかのように、レイは大人の姿に変わっていた。

「れ、レイ……？」

目の前で変化したのだ。別人ではないと、ノアも頭では理解している。だが、同時に信じられない気持ちでいっぱいだった。

子どもが大人になった？　まさかと思うが、獣人はこんなに急に大人になるのだろうか？

体調の変化はこの予兆だった？

そんな馬鹿《ばか》なと思うけれど、自分が獣人のことを何も知らないのもまた確かではある。

しかし、そういう生態であると考えるよりも、もっと妥当《だとう》な原因が考えられるとすれば……。

「魔術《まじゅつ》……？」

こんなことが可能になるとしたら、そこには魔術が絡《から》んでいるとしか思えなかった。

だが……。

「ノア……」

名前を呼ばれて、ノアはハッと我に返る。

「そ、そうだレイ、体は大丈夫なのか？　こんな急に成長したりして……」

想像に過ぎないが、相当な痛みがあったのではないだろうか？　それに、よく見ればレイの頬《ほお》の赤みや荒い呼吸が収まったわけでもなさそうだ。

大人の姿になったこととは関係がなかったのか？　それともまだ何かあるのだろうか。不安になったが、相変わらずノアの肩はレイに押さえられていて、起き上がることも、肘《ひじ》から上を動かすこともできなかった。

「レイ、とにかく一度離《はな》れて……」

「いやです……絶対に放さない」

「れ……んぅっ」

覆《おお》い被《かぶ》さってきたレイに唇を塞《ふさ》がれる。先ほどまでの舌で舐めるのとは違《ちが》い、キスされているのだと気付くのに時間はかからなかった。

さすがに人と関《かか》わりのない生活をしているノアでも、それが恋人《こいびと》や夫婦《ふうふ》の間で行われる行為《こうい》の一つであることくらいは知っている。

それをなぜ、レイが自分にしているかはまるで分からないが……。

「熱い……」

混乱しすぎて抵抗もできずにいるノアから、レイは一旦《いったん》唇を離すと、そう吐息混じりに呟《つぶや》く。

そうして、突然《とつぜん》ノアの首筋に、レイが噛《か》みついた。

「痛っ……」

きっと血が出ただろうと思うほど、強い力だった。

空腹だと言っていたことを思い出してぎょっとしたけれど、歯はすぐに離れる。噛みついた場所を今度は舐められて、ぞわりと背筋に震《ふる》えが走った。

一体何が起きているのだろう？　分からない。ただ、これが味見でないといいなとつい考えてしまう。

いや、獣人《じゅうじん》が人を食べるなんて話は、この国の中で言われているだけのたちの悪い流言だと祖父は言っていた。実際、レイは肉も野菜も構わずによく食べたし……。

そんなことを考えてしまうのは、現実逃避《とうひ》だろうか。

「っ……んっ」

首筋を舐めながらレイの手が、ノアの体をまさぐる。

熱を持った手が、シャツの裾《すそ》を捲《まく》り上げ、素肌《すはだ》に触《ふ》れる。

「な、何……レイ？　どうしてこんなこと……」

俺のことを食べようとしているのかとはさすがに訊《き》けず、ノアは言葉に詰《つ》まった。とりあえず手を引き剝《は》がそうとしたけれど、レイの力は強く、ノアの手など簡単に振り解かれてしまう。

「あっ……んぅっ」

暖炉《だんろ》があるとはいえ冷たい空気に触れ、ツンと立ち上がってしまった乳首《ちくび》を、熱い指先が転がすように弄《いじ》った。

どうしてこんなところをと思うけれど、レイの行動と同じくらい、自分の感覚に驚く。今まで意識したこともなかった場所なのに、じわじわと腰の奥に熱が溜《た》まっていくのが分かったからだ。

「んっ……や、ぁ」

きゅっと摘《つ》ままれて、腰が跳《は》ねる。

痛みの中にわずかだが交じる快感を、体は勝手に拾い上げていく。だが、どうしてそれが快感になってしまうのかが分からない。自分はおかしくなってしまったのだろうか？

ノアがうろたえている間にも、レイは左手で乳首を弄りながら、もう片方の手で下着ごとノアのズボンを引きずり下ろそうとした。

「こ、こら、やめろ……やめなさいっ」

混乱と羞恥《しゅうち》で涙目《なみだめ》になりつつ、ノアはレイを制止しようとする。だが、やはりレイの手は止まらなかった。

「ひ、ぁっ」

レイの手が、ノアのものへと伸《の》び、なんの躊躇《ためら》いもなくその大きな手の中に握《にぎ》り込む。

「いた、あっ、んんっ」

ノアが痛みを訴《うった》えると、手の力は弱まった。そのまま扱《しご》かれるとすぐに痛みではなく、快感が沸《わ》き起こる。

「レイ……っ、ん、んっ、あぁっ」

高ぶらされていく体に、レイが容赦《ようしゃ》なく愛撫《あいぶ》を重ねていく。

「あっ、ひ…ぁっ」

尖《とが》りきった乳首に歯を立てられて、濡《ぬ》れた声がこぼれた。

そして、その乳首を弄っていたはずの手が脇腹《わきばら》を撫《な》で、背後へと伸びる。

「ひぁっ……んっ」

尻《しり》を掴《つか》まれて、ぞわりと寒気にも似た快感が背筋を駆《か》け上がった。

いろんな場所をいっぺんに攻《せ》められて、ノアはもうどう抵抗《ていこう》していいかも分からず、快感に振《ふ》り回された。

気持ちが良すぎて、涙がにじむ。

その間にもレイの舌は胸を離れ、シャツの裾から覗《のぞ》いていた臍《へそ》を舐《な》め、そのまま濡れそぼったノアのものへと到達《とうたつ》する。

「やっ、あっあああっ、だめ……ぇっ」

濡れた舌で舐められ、熱い口腔《こうこう》に迎《むか》え入れられて、ビクビクと体が震えた。ノアは性的に淡《たん》泊《ぱく》なほうであり、自分自身を慰《なぐさ》めることさえほとんどしたことがない。

そんなノアにとって、レイの口に咥《くわ》えられることは刺激《しげき》が強すぎた。ぢゅくぢゅくと音を立てて吸われると、いやらしい音にまるで耳から犯《おか》されているような気分になる。

「や、放して……だめ、出ちゃうから……ぁ」

それどころか、舐められているもの、それそのものがすべて溶《と》けて飲み込まれてしまいそうだと思う。

そして……。

「やっ、も…だめっ……だめぇ……っ！」

先端《せんたん》を舌でグリグリと刺激されて、ノアはそのままレイの口腔に、放ってしまった。

「はぁッ……は…ぁ……」

ノアは、ぐったりと体を弛《し》緩《かん》させる。ようやく終わったのだと、そう思った。

だが……。

「や、何……っ」

レイは力の抜《ぬ》けたノアの体をうつ伏《ぶ》せにし、尻の狭間《はざま》を手のひらで押し開くと今度は後口へと口づけた。

「っ……あっ、あ…っ」

まだ呼吸が整わないノアは、力の入らない体をただ震わせることしかできない。そんなところを舐めるなんて、絶対におかしいと思うのに……。

レイの舌は、そんなノアの窄《すぼ》まりをほぐそうとでもするかのように、執拗《しつよう》に舌を這《は》わせてくる。

「んっ、あ…っ、やっ、だめ……汚《きたな》い、からぁっ」

そんな場所を舐められて、あまつさえ舌で解《ほぐ》されるなんて、羞恥に体が燃えるようだ。

男女が結ばれる方法すら、ノアははっきりと知らなかった。一度だけ動物の交尾《こうび》を見たことがあるが、誰《だれ》かと出会う可能性を考えていなかったノアは、それを学ぶ必要すら感じていなかったのである。

「な、んで、そんなところ……んっ、あぁっ」

戸惑《とまど》う間にもすっかり濡れてほころび始めた場所に、固くて細いものが入り込んできた。それがレイの指だと気付いたのは、中を探《さぐ》るように動いてからだ。

「は、ん、んっ……」

痛みはないけれど、かき混ぜるように動かされて、嫌《いや》な予感がする。

「も、やだ……んっ……レイ……指、抜いて……」

「俺も早くノアと一つになりたい……けど」

「ひっ……あ…っ、んっ、あぅっ」

指が増やされ、中で広げられる。

「傷つけたく、ないんです……」

広げられた指と指の間に、舌が入り込んできた。

「やぁっ……だめ、だめ……っ、んぁ…」

中まで舐められているのだと思うだけで、恥《は》ずかしさといたたまれなさで泣きたくなる。指とはまるで違う。ぬめぬめとしていて、まるで生き物が入ってきたような感じがした。舌の届く範囲《はんい》などたかが知れているはずなのに、すごく奥まで舐められている気さえする。

「も…っや……こんなの、やだ……っ」

ノアがそう口にすると、ようやく舌と指が抜かれた。

やめてくれるのだろうかと、ほっとしたけれど……。

「ノア……」

背後から、レイがぎゅっとノアを抱《だ》きしめてくる。耳元に吐息《といき》がかかる。先ほどまで指と舌で開かれていた場所に、熱が触れている。

か。

「ノアが欲しいんです……俺のものに、なって」

「レイ……？」

ノアにはまったく分からなかった。こんな行為《こうい》が、レイのものになるということなのだろう
レイが望むならば、多少自分が犠牲《ぎせい》になっても構わないと思ってはいた。したいことがある
なら、してあげたいと思う気持ちもある。

けれど……。

返事をするよりも先に膝《ひざ》を開かれ、熱いものが、散々指と舌で開かれた場所を押し開くよう
にして入ってくる。

「あ、あぁ……っ」

少しの痛みと、酷《ひど》い圧迫感《あっぱくかん》。指とは比べものにならないほどの質量に、息苦しさを感じる。

自分の中に埋《う》められていくそれが一体何なのか、ノアはようやく気がつく。けれど、もうその
ときにはどうしようもないくらい奥まで暴《あば》かれていた。

全《すべ》てを収めたのか、レイの動きが止まる。そして……。

「全部、入った……ノア……ノアの中、俺でいっぱいになってるの、分かりますか？」

「あぁっ」

ぐっと奥を突《つ》かれて、ノアはびくりと背中を揺《ゆ》らした。

「ノアの中、気持ちいい。もっと、全部俺のものにしたい。……します」

「れ、レイ……っ、あ！」

ずるりと中から抜け出ていく感覚に目を瞠《みは》る。だが、すぐにまた深い場所まで突き入れられた。

「ひぁ、あっ、あっあっあ…ぁっ」

揺さぶられ、奥まで埋められたかと思うと、引き抜かれて入り口の辺りを攻められる。

背筋がゾクゾクする。快感などないはずだったのに、繰《く》り返されるうちに自分の体もまた熱を上げていることに気付く。

レイが、ノアの体が震《ふる》える場所を探り、見つけたそこを執拗に攻めているのだと気付いたときには、もう遅《おそ》かった。

「も、だめ…っ、ああっ、んっ、おかし……からぁっ」

ベッドとレイの体に挟《はさ》まれて、上手《うま》く身動きがとれない。快感の逃《に》げ場がない。

気持ちが良くて、頭の芯《しん》まで蕩《とろ》けそうだった。だが、ノアはただ与《あた》えられる快感を甘受するほかない。

「かわいい、ノア……中に、出す……から」

何をだろうと、そんなことを思った気もする。

「あぁ――――……！」

ひときわ深い場所に突き入れて、レイは動きを止めた。中で吐《は》き出される感覚に、ビクビクと腰《こし》が震える。自分もまた絶頂に達したのだと分かる。

そうしてノアは、そのままスッと意識を失ってしまったのだった……。

「本当に、申し訳ありませんでした……！」

◆

翌朝——いや、もう朝とはいえないほど日が高く昇《のぼ》った時間にノアが目覚めたとき、レイはすでに起きていた。

そして、開口一番にそう言うと、ベッドの下で深々と頭を下げる。

さすがにみっともないと思ったのか、毛布は羽織っていたものの、その下は裸《はだか》のはずだ。レイが着ていた服など、入るはずもないので。

その状態で、床《ゆか》に頭をつけそうな勢いで謝罪され、寝起《ねお》きのノアは呆然《ぼうぜん》とすることしかできない。一体何が起きているのか……。

「………ぇえと」

呟《つぶや》いてから、ノアは自分の声がひどくしゃがれていることにぎょっとした。すぐにそれが、昨夜の出来事のせいだと思い当たり、芋《いも》づる式に昨夜ここで起こったことが思い出されてしまう。

カッと頰《ほお》が熱くなり、ノアは両手で顔を覆《おお》った。

「ノア……怒《おこ》っています、よね。本当にすみません。ノアは、命の恩人だというのに、俺は恩を仇《あだ》で返すような真似《まね》を……」

　悔恨《かいこん》の滲《にじ》む声で言われて、ノアはどうしたものだろうかと悩《なや》みつつ、そっと自分の喉《のど》に治癒《ちゆ》魔術《まじゅつ》を施《ほどこ》す。

「……体調は、もう平気？」

「！　は、はい、まったく問題ありません」

　ぱさぱさと尻尾《しっぽ》が揺れる音がして、苦笑《くしょう》を零《こぼ》した。

　ノアが怒ってなさそうだと分かって、喜んでいるのだろう。

　仕方がないな、と思う。実際、怒ってはいなかった。ただ、混乱はしている。そしてきっと、レイはもう自分に原因を説明できるに違《ちが》いない。

　ノアは両手を顔から離《はな》すと、レイの顔を見つめた。その顔は、見慣れた子どものものではない。

　それがひどく淋《さび》しくて、思わずため息が零れてしまったけれど、仕方のないことなのだろう。

　だが、ちらりと様子をうかがうと、毛布からはみ出たレイの尻尾は少し丸まっていた。

　ノアがため息を吐いたせいだろうか。しょんぼりとしたその尻尾は間違いなくレイのものであり、体は大きくなってもそんなところは変わらないのだと少しだけほっとする。

「説明、してくれる？」

　ノアがそう尋《たず》ねると、思った通り、レイははっきりと頷《うなず》いた。

二人は寝室《しんしつ》から居間へと場所を移した。レイにはあの晩、拾ったレイが身につけていたシャツやズボンを着せて、ノア自身も着替《きが》えを終えている。

レイが着ているシャツやズボンは洗ってはあったが、血の染《し》みは完全には落ちていないし、必要か分からなかったので斬《き》られた背中部分も繕《つくろ》っていなかった。それでも裸のままよりずっとマシだろう。

「もう、ノアも気付いていると思いますが……」

そうして、昨夜のスープを温め直しながらレイがまず話したのは、記憶《きおく》が戻《もど》ったということだった。ちなみに、スープはノアが温め直そうとしたのだが、レイに止められたため、ノアは大人しく食卓《しょくたく》の椅子《いす》に座っている。

痛む場所は治癒魔術で治したから平気だったのだけれど、申し訳なさそうな尻尾を見て言葉に甘えることにしたのだった。

「俺の出身はアメイジア王国です。クーデターが起きて、俺は国を脱出《だっしゅつ》したあと、子どもの姿になれる魔術の封《ふう》じられた石を使ったんですが……」

何か事故があったのか、魔術が失敗したのか、とにかく子どもになるだけでなく記憶も失ってしまったのだという。

話を聞きながらノアは、複雑な気分だった。

かわいいレイが仮だったことはがっかりしたけれど、子どもとあんな行為に及《およ》んでしまったわけじゃなかったことには心底安堵《あんど》している。

レイが温め直したスープを食卓に運ぶ。話の続きはスープを食べながら聞くことになった。

「本当はいくつなの？」

「十九になります」

「十九歳……二つ下か」

それでもまだレイのほうが年下だったことに、少しだけほっとする。体格は比べようもなく、レイのほうが大きいけれど。

「子どもの姿にする魔術って、初めて見た。時魔術っていうのがあるって、じいさんが言っていたけど、それかな」

「そう聞いています」

「なるほどね」

時魔術でレイの時間を巻き戻したなら、本来はレイの記憶も体と一緒《いっしょ》に巻き戻ったはずだ。失われるのではなく、体の持つ記憶と同等のものは持っているはず。だが、そこで何か問題が起こったのだろう。

おそらくだが、記憶のほうだけ巻き戻らないようにしようとしたのではないだろうか。敵から逃げなければいけないという状況《じょうきょう》で、記憶が子どもに戻るなどおそろしい話だ。もしも、自分が魔術に手を加えるとしたら、間違いなくそうする。そして、その結果失敗したと考えるのが一番分かりやすい。

けれどそもそも……。

「どうして子どもに？」

「王権の指輪を持って逃げるのが、俺の役目でした。敵に見つからないために、念を入れたのです」

「王権の指輪？」

指輪というなら、レイが首に掛《か》けていたあれのことだろう。だが、王権とは……。

ノアの呟きに、レイは困ったような苦笑を浮《う》かべる。

「王権の指輪はその名の通り、王が王であることを示す指輪です。他国では、王冠《おうかん》であることが多いらしいですが……アメイジアは獣人《じゅうじん》の国ですから。頭に耳があると王冠は邪魔《じゃま》なんですよ」

「ああ、なるほど……」

ノアはレイの耳をじっと見つめて頷く。確かに邪魔そうだ。

「それで指輪が王冠の代わりってことか」

　ノアの言葉にレイは頷いた。

「もう一つ錫杖《しゃくじょう》もあって、それが揃《そろ》わなければ王とは認められないことになっています。錫杖のほうは兄が持っているはずですが……」

　身を案じてのことだろうか。レイは一度そこで口ごもった。

「レイも無事だったんだから、お兄さんもきっと大丈夫《だいじょうぶ》だよ。……あ」

「どうした？」

　しまった、と口を押さえたノアに、レイは不思議そうに問う。

「いや、なんでもない」

　ノアは小さく頭《かぶり》を振《ふ》る。

　実際は、本当の名前を聞いてないことに気付いたためだった。

　アメイジア王国の人間だということや、ここに来た理由は聞いたというのに……。だが、最初にノアが名乗ることはしないでおこうと思っていたように、レイも名乗らないほうがいいと判断したのかもしれない。

　それでも、恩を感じているらしい彼は、ノアが尋ねれば答えてくれるだろう。だからこそ、触《ふ》れないほうがいい――などと思ったのだが。

「ノア？　言ってくれませんか？」

　じっと見つめられて、ノアは小さくため息を零した。

「……分かった。たいしたことじゃないよ。ただ、いつまでもレイって呼ぶのもおかしいかなと思っただけで」

本名を知りたいとは言わずにごまかしたノアだったが、レイはぱちりと瞬《しばた》いたあと、堪《こら》えきれなかったかのように笑い出した。

「ど、どうしたの？」

「いえ……今気付きました」

気付いた？　どういうことだろう？　レイと呼ばれていることに気付いた、という意味だろうか。

「俺の名前は、グレイブというんです。グレイブ・ロウ・アメイジア。家族にはレイと呼ばれています」

「それは……すごい偶然《ぐうぜん》だね」

それで記憶が戻って以降も、ノアがレイと呼ぶのに違和感《いわかん》がなく、言われるまで名乗っていないことに気付いていなかったらしい。

「それが偶然でもないんですよ。俺の灰色の目は先祖返りなんです。曾祖《そうそ》母《ぼ》なんですが、名前がグレイス」

「……目がグレイだから？」

「そういうことです」

くすりと笑うレイ――グレイブに、ノアもつられて笑った。

「って、いや、ちょっと待って。グレイブ・ロウ……アメイジア？」

名前に国名が入っているなんて、そんなことがあるのだろうか？

自分が知らないだけで、アメイジア王国の国民はみんな名前に入っているのだろうか。そんなことは普通《ふつう》ないのではないか？　みんなに入るなら極論、入れなくてもいいではないか。

だとしたら……。

「ええ。俺は、アメイジア王国の第三王子なんです」

「王子……」

ぽつりと呟《つぶや》いたきり、ノアは言葉を失う。

貴族の子弟《してい》なのかもしれないと考えたことはあったが、想像していた以上だった。

だが、それならば、王権の指輪を持って逃《に》げたというのも、頷《うなず》ける。

「驚《おどろ》かせてしまいましたか？」

「まぁ、それは……当然だろ」

こんな告白を聞いて驚かないとしたら、心臓が強すぎるというものだ。

「念のために言っておきますが、俺はクーデターを起こした側じゃありません」

「あ、そうか」

その可能性もあったのか、と目を瞠《みは》ったノアに、グレイブは笑う。もちろん馬鹿《ばか》にしたようなものではなく、どこかほっとしたような笑顔《えがお》だった。

そうしてグレイブが語ったことによると、きっかけはグレイブの父である国王が崩御《ほうぎょ》したことだったようだ。

国王の死と同時に、第二王子派が、王太子でもある第一王子派と争ったらしく、グレイブは母を同じくする第一王子側に与《くみ》していたのだという。

グレイブが怪我《けが》をしたのは、姿が似ていることもあり、第一王子の影武者《かげむしゃ》として動いていたためだとか。

「目の色は違《ちが》いますが、髪《かみ》と耳、尻尾《しっぽ》はそっくりなんです。体格も似ています。だからできるだけ敵を引きつけて逃げました。味方とはぐれ、森に入って斬《き》られたあと、追っ手を返り討《う》ちにして魔術を発動させたところまでは覚えているんですが……」

あのとき、身につけていた服が大きかったのは、着替《きが》える余裕《よゆう》もなく魔術を使ったためだったのだろう。近くに着替えのような荷物がなかった点からして、はぐれたという味方が持っていたのかもしれない。

しかし……。

「よく死ななかったね」

同じ怪我でも子どものほうが、体力がないため危ないはずだ。

「時の魔術を使う前に、渡《わた》されていた治癒《ちゆ》魔術の石も全《すべ》て使ったからでしょう。それでも生き残れるかは賭《か》けでしたが」

そこまで言って、グレイブはまっすぐにノアを見つめる。

「ノアが俺を見つけてくれなかったら、そしてノアが治癒魔術の使い手でなければ、俺は間違いなく死んでいたでしょう」

ノアは一瞬《いっしゅん》、グレイブがノアを魔術師だと言ったことに驚いた。

ノアは自分が魔術師であることを語ったことはなかったし、魔術の行使は気付かれないようにしていたつもりだったからだ。けれどすぐに、記憶《きおく》が戻《もど》ったのだから、この目の意味に気がついて当然だったなと思い直す。そして、助かるためには治癒魔術の行使が必須《ひっす》であることも……。

「俺はとんでもなく幸運でした」

それは、確かにそうなのだろう。

見つけたのが自分以外のルクセン人だったら、グレイブはもうこの世にいなかった可能性が高い。もちろん、誰《だれ》も見つけなかったとしても同じ結果だったはずだ。

まぁ、その前に死にそうな怪我を負わされているので、運の収支はとんとんのようにも思うけれど。

「まさか逃げ延びた先でこんな、かわいくてやさしくて神の御使《みつか》いのように清らかな人に出会うとは思ってもみませんでした」

「……うん？」

なんだかおかしなことを言い出したなと、ノアは首をかしげる。

「ノアは以前、クーデターは無事に鎮圧《ちんあつ》されたと言っていたけれど、それはどこからの情報なのか、訊《き》いてもいいですか？」

「え、あ、うん」

真面目《まじめ》な顔で訊かれて、先ほどのは聞き間違いだったのだろうかと思いつつ頷く。

「うちに月に一度来る商人がいるって、話したことがあっただろ？　レイが倒《たお》れていたのを見つけた日に、その男が言っていたんだ」

「そうですか。商人が……ならば情報に聡《さと》いのも納得《なっとく》ですね。それが事実ならきっと兄も無事でしょう」

少しほっとしたようにグレイブは言う。

ノアとしてもそれはよかったなと思う。クーデターの話を聞いたときは正直、国の中枢《ちゅうすう》にいる人物のことなど何も思わなかったけれど、グレイブの兄だというなら別だ。

「けど、そういうことならレイも早く国に帰らないといけないね」

先ほどの話からすると、グレイブの持っている指輪がまさに必要になっているのではないだろうか。

「それは、そうなんですが……」

無事に片がつき、グレイブが味方した第一王子側が勝利すれば、迎《むか》えのものが捜《さが》しに来るはずだという。森に逃げることは決まっていたというから、とっくに捜されている可能性が高い。ここがルクセン側だというだけでなく、結界のせいで見つからないのだろう。

「――ノア、記憶が戻ってもずっとノアと一緒《いっしょ》にいたいと、そう言ったことを覚えていますか？」

「それは……もちろん。ずっとここにいてもいいと言ったよ。けど……」

ここまでの話の流れで、グレイブが国に帰らなくてはならないということは、はっきりと分かっていた。

指輪だけを渡せばいい、などという話ではない。グレイブは第三王子で……指輪を手にした兄が王位についても、王の弟であることに違いはない。

他国の森でひっそりと暮らしていけるはずがなかった。

「俺は確かに、国に帰らなければなりません」

「うん」

静かにノアは頷く。淋《さび》しいけれど、仕方のないことだ。あのときだって、ノアは記憶が戻るまでだろうと思っていたのだ。

だが、グレイブはそれで納得していなかったらしい。

「けれど、ノアとずっと一緒にいたいという気持ちに変わりはないんです」

その言葉に、ノアは戸惑《とまど》った。

「どうか、あなたを抱《だ》いた責任を取らせて欲しい。俺と一緒にアメイジアに来てくれませんか？」

「責任って……」

自分だって、グレイブと一緒にいたい気持ちがなくなったわけではない。それは、グレイブが子どもでなくなってしまっても、不思議と変わらなかった。

いや、本当のところまったく変わっていないとは言えないかもしれない。

けれど、少なくとも、大人に戻ったのならさっさと出て行けとは、とてもじゃないが思えなかった。グレイブがレイなのだと、ノアの心ははっきりと感じている。

だが、自分が共にここを出ていくことなんて考えてもみなかったのだ。

「いや、責任なんて言い方はするべきじゃありませんね。すみません、俺もその、緊張《きんちょう》しているようです」

「緊張？」

意外な言葉だった。今更《いまさら》自分との間に緊張するようなことがあるとも思えなかったからだ。

「手に、触《ふ》れても？」

ノアが首をかしげていると、突然《とつぜん》グレイブはそんなことを言い出した。

「え？」

「触れるだけです。握《にぎ》ったり押さえたりはしませんから」

どうしてわざわざそんなことを訊くのだろうと思いつつも頷くと、グレイブはとっくに飲み終わっていたスープの皿を横によけ、ノアの手にそっと触れた。

見慣れた子どもの手とは違う、大きくて節くれ立った手は、ノアに昨夜の記憶を思い起こさせる。グレイブがわざわざ断ったのは、このことが分かっていたからなのだろうか。少しだけ頬《ほお》が熱くなったが、振《ふ》り払《はら》おうとは思わなかった。

「ノアは、俺のことが嫌《きら》いになりましたか？」

「嫌いに？　そんなわけないだろ」

思わぬ問いに驚きつつも、即座《そくざ》に否定する。

「同意を得ることもせずに、酷《ひど》いことをしたのに？」

「それは……でも、何か理由があるんだろ？」

確かに半ば無理矢理《むりやり》ではあったが、昨夜はグレイブ自身も何かおかしかった。熱に浮《う》かされたようであったし、大人の姿に戻ったこととも関係がありそうだ。

ノアが羞恥《しゅうち》のあまり、しどろもどろながらもそういうと、グレイブは少し困ったように苦笑《くしょう》する。

「魔術的《まじゅってき》なことは分からないですし、言い訳のようだから言わないつもりでしたが……昨日は狼《おおかみ》の獣人《じゅうじん》にとっては特別な日だったんです」

それとグレイブの行動や、魔術が解けたことがどう関係するのか、ノアにはまるで分からない。

「特別な日？」

「ノアは知らなかったようですが、多くの獣人には、発情期があるんです。種族によってバラバラですが、狼の場合は満月の日と決まっています」

言われてみれば昨夜は満月だったかもしれない。はっきりと意識してはいなかったが、ここ最近、夜の水汲《みずく》みの際に、月が大きくなってきたなと思ってはいたのだ。

「じゃあ、昨夜はその……発情期で……」

「そういうことです。本来、子どもの体であれば影響《えいきょう》がないはずですが、記憶を失うという予定されたものとは違《ちが》う効果が出ていましたし、何か綻《ほころ》びのようなものがあったのかもしれないですね」

魔術的なことは分からないと言った通り、グレイブの言葉は曖昧《あいまい》なものだった。だが、ノアにも時魔術のことは分からない。魔術師本人に訊くほかないだろう。

「まぁでもそういうことなら、余計に責任なんて取らなくていいよ」

そもそも、一国の王子に責任を取らせるなんて、ノアには重すぎる。

もちろん、あんなことをした相手がグレイブではなく……例えばランドルだったら、ノアはここまで冷静ではいられなかっただろう。だが、あれだけかわいがっていた『レイ』が発情期で苦しんでいたのだと思えば……。

いや、それ以前に、ノアはグレイブが死んでしまうのではないかと思っていたのだ。そうならなかったことに、ノアは深く安堵《あんど》を覚えていた。発情期が原因だったのなら、治癒《ちゆ》魔術が効かなかったことも、納得できる。

「発情期でよかったよ。レイが死ななくて本当に……よかった」

「ノア……」

「だから、そこまで気に病《や》まなくていい。俺はレイと暮らすのが楽しかったから、それだけで十分」

淋しさを呑み込んで、ノアは笑った。わがままを言えるなら、これからもときどきはここを訪ねて欲しい。けれど、それは無理だろうというのも分かっていた。

獣人であるというだけでも難しいのに、王子だというのだ。きっと他国に入り込んでいることが見つかれば大変なことになる。

「責任と言ったのは取り消します。俺がノアといたいんです。ただそれだけなんです。……だから――俺と結婚《けっこん》してくれませんか」

「は？」

グレイブの言葉にノアはぽかんと口を開いた。

「結婚って……」

冗談《じょうだん》としか思えない言葉にうろたえ、次いで苦笑する。

「そんなの無理だよ。俺は男だし、人族だし……」

だが、グレイブの目は真剣《しんけん》だった。

「男でも人族でも関係ありません。もちろん、魔術師だとか、他国の平民だとか、そういうことも。俺にとっては、あなたがあなただっていう、それだけなんです」

「レイ……」

情熱のこもった言葉を笑い飛ばすこともできず、ノアはグレイブの視線を避《さ》けるように下を向く。否定こそしたものの、責任を取るという気持ちもあるのだろう。とはいえ一緒にいたいと思ってくれる気持ちの全《すべ》てが、その責任から出たものだとも思わない。

けれど……。

「……俺は、ここを離《はな》れる気はないよ」

「大切な家だっていうことは知っています。おじいさんがどれだけ素晴《すば》らしいものを、ノアに残してくれたかってことも、今の俺にはよく分かっています。俺が来なければ、ノアは一人で不満もなく、これからも暮らしていっただろうってことも。でも、俺は……淋しいです。ノアと離れるなんて、考えられません」

一歩も引かないグレイブに、ノアはどうしていいか分からなくなる。今の、大人の姿のグレイブならば、自分を力尽《ちからず》くでここから攫《さら》うことだってできるだろう。

だというのに、言葉を尽《つ》くして説得しようとする姿に、何も思わないはずがない。

「とりあえず、この話は一旦《いったん》置いておこう。お互《たが》い、昨日の今日で冷静じゃないと思うし……いくら話しても平行線だから」

「……分かりました」

グレイブは一度、まだ何か言おうとするように口を開いたけれど、結局は頷《うなず》いてくれた。

ノアもほっと胸を撫《な》で下ろす。

「これからのことだけど、とりあえずはグレイブの服をなんとかしないとね」

ノアの服では到底《とうてい》入らない。今着ているもの以外では、グレイブが着られそうなのは、背中の斬《き》られたベストにマント、祖父のローブくらいだろう。

だが、ローブに関しては下に広がる形状だからどうにかなりそうだというだけで、サイズが合っているわけではない。

幸い、ノアは自分の服を繕《つくろ》う程度には裁縫《さいほう》ができるし、祖父はノアよりは背が高かったので、いくつかの服を解体すればどうにかなるだろう。今着ているシャツの背中も、早いところ繕ってあげたいと思う。

だが、あれだけ悩《なや》んでいた食料のほうは、逆になんとかなりそうだ。グレイブの話の通りなら、迎《むか》えはもう森まで来ている可能性が高い。

そして、迎えがやって来れば、グレイブも帰らないわけにはいかないだろう。

「迎えの人に関しては、何か考えないといけないと思うんだけど……」

結界の中で待っていては、いつまで経《た》っても会うことはできない。

「そもそもどうやって落ち合う予定だったんだ？」

「魔術師が把握《はあく》しているはずです」

「魔術師が？」

「ええ。王権の指輪の位置が把握できるよう、魔術が付与《ふよ》されています。ただ、結界の中にいる状態で把握できるのかは……分かりません」

グレイブの言葉に、ノアは小さく唸《うな》った。

「俺にも分からないな。結界の中でも魔術を行使することは当然できるけど、それが外に伝わっているかは分からないし、あらかじめ掛《か》けていたものがどう作用するかも……。あと、伝わっていたとしても、たどり着けるかは……どうだろうな」

場合によっては、ここのはずだと思いながら結界の近くをぐるぐる回らされている可能性もある。

「とりあえず今夜にでも一度、指輪を結界の外に出してみたほうがいいとは思う」

「分かりました。そうしましょう」

グレイブは、ほっとしたように微笑《ほほえ》んで頷いた。尻尾《しっぽ》も揺《ゆ》れている。やはり、迎えが来るのがうれしいのだろう。

「早く来てくれるといいね」

　ノアがそう言って微笑むと、グレイブはぱちりと瞬《しばたた》き、それから慌《あわ》てたように頭《かぶり》を振《ふ》った。

「別に、迎えが来るのがうれしいわけじゃありませんよ」

「そうなの？」

　こくこくと頷くグレイブに、だったら一体何を喜んでいたのだろうと疑問に思う。

「服の件もですが、その……出て行けとは言わないんだと思って」

　その言葉にノアは目を丸くする。それからすぐに、グレイブを軽く睨《にら》んだ。

「俺のこと、そんなに薄情《はくじょう》な人間だと思っていたの？」

「ち、違います。そんなこと思っていません！　ですが、俺のしたことを思えば、身一つで叩《たた》き出されても文句は言えないですから……」

「そんなことしないよ」

　大げさに思える物言いに、苦笑《くしょう》する。

「迎えが来るまでは、ここにいたらいい」

　事情を聞く限り記憶《きおく》が戻《もど》ったといっても、一人で森を抜《ぬ》けるより、予定通り迎えを待ったほうが安心だろう。

　万が一のことを思えば、追い出すことなどできるはずもない。

「ただし、寝室《しんしつ》は分けさせてもらうから」

「…………」

ノアの宣言に、グレイブは不満げに耳と尻尾を垂らしながらも頷いたのだった。

◆

「……おいしい」

「それはよかった」

にこにことうれしそうにしているグレイブに、ノアは苦笑する。

だが、グレイブが捕《と》ってきた野鳥の肉は、文句なしにおいしかった。肉といえば大抵《たいてい》が干し肉か燻製《くんせい》肉という生活を送っているノアにとっては初めて口にする味でもある。

「でもやっぱり、あんまり危ない真似《まね》は……」

「ええ、気をつけます」

グレイブはそう言ってあっさり頷いたけれど、本当に分かっているのかは疑問である。

結界内には動物も入り込めないため、当然ながらこれは結界の外で捕られたものになる。

グレイブが大人の姿に戻り、記憶を取り戻して事情を語った日から今日で四日。あれから件《くだん》の指輪を結界の外に出すべく、夜に小一時間ほど結界の外に出るようになった。危険だとは思ったけれど、必要なことではあるし、仕方がないと思っていたのだが……。

「まさか暇《ひま》だからって罠《わな》を仕掛けていたなんて」

何かあったとき、ノアの身を危険に晒《さら》したくない、自分一人なら身を隠《かく》すことも容易だというグレイブの言に渋々《しぶしぶ》ながら同意して、グレイブを一人で結界の外に出していたのだ。

ちなみに、結界の外から戻れるように、ノア用の通行証を渡《わた》してある。常に胸にぶら下げていたそれがないのはどうにも心許《こころもと》なかったが、グレイブならばなくしたり持って逃《に》げたりすることもないだろうと信用してのことである。

「これだけ多くの獲物《えもの》がいて放《ほう》っておく手もないと思って。獲物が多いのは、人があまり入らない森だからでしょうね」

確かに、村の周辺ならばともかく、ここまで奥まった場所まで狩《か》りに来る者はいない。他《ほか》と比べることのできないノアには分からないことだったが、グレイブが言うならきっとその通りなのだろう。

呆《あき》れつつも、許してしまうのは、グレイブがこうして無事に帰ってきているからだ。それに、ひょっとすると、グレイブは食料の不足を気にしてくれているのかもしれないとも思う。

商人から月に一度、魔術石《まじゅつ》や符と交換《こうかん》で必要なものを手に入れているということは知られているのだし、突然《とつぜん》食い扶持《ぶち》が一人増えた結果どうなるかというのは、考えれば分かってしまうことだから。

「あのさ、レイ」

「はい？」

食料のことだったら、今回くらいはどうとでもなるからと、ノアがそう言おうとしたときだった。

「おーい！　開けてくれ」

突然《とつぜん》外から声がして、ノアは目を瞠《みは》った。

「ランドルの声だ」

「……商人ですか？」

囁《ささや》くような声で訊《き》かれて、ノアは頷く。一体どうしたのだろう？　来る予定からすれば早すぎる。

慌てつつもノアは、グレイブに自分の食器すべてと、ノアの分の皿も持って寝室に隠れるように言い、自分は玄関《げんかん》へと向かった。

あまり待たせれば不審《ふしん》に思われる。テーブルに残っているのが一人分のスープだけであることと、背後でドアが閉まったのを確認《かくにん》して、簡易な閂《かんぬき》を外し、ドアを開ける。

「おお、無事だったか」

「無事って……どうしたんです？」

できるだけ自然に見えるようにと思いながら、ノアは軽く眉《まゆ》を顰《ひそ》める。

「いや、最近この辺りで獣人《じゅうじん》を見たというものがいるから心配になってな。様子を見に来たんだ」

その言葉に、ノアは思わず目を瞠った。

まさか、グレイブの姿が見られたのだろうか。ここ最近夜に出掛《でか》けていることを思えば、絶対にないとは言い切れない。

少し話を聞いたほうがいいだろうか。それに、このまま追い返すのは、今までからすれば多少違和感《いわかん》がある。親しい仲とは言いたくないが、家に入れもせずに追い返したことなど一度もないのだ。ここまではそこそこの道のりがあり、以前ランドル自身が語ったことによると、休憩《きゅうけい》もせずに帰るのは体力的にも厳しいらしい。

「とりあえず、どうぞ」

ノアはため息を押し隠し、ランドルを招き入れた。

グレイブの生活の場は、食事時以外は用心のため寝室にしており、以前と変わったところはないはずだ。もともと祖父との二人暮らしだったから、家具が二人分であることも変わった点ではない。

「なんだ、食事中だったのか」

「ええ。ランドルさんも食べますか？　少しなら残りが……」

「いや、気にしないでくれ。水だけもらえるか」

その言葉に頷《うなず》いて、ノアはカップに水を汲《く》み、ランドルの前に置いた。ランドルの父には薬草茶を出していたが、ランドルは薬草茶が嫌《きら》いらしい。水のほうが楽だし、ランドルを歓迎《かんげい》したいわけでもなかったから、ノアとしては構わないのだが。

ランドルは特にノアに断ることもなく、暖炉《だんろ》の前のソファに掛けていた。ノアは隣《となり》に座るようなことはせずに、食卓《しょくたく》の椅子《いす》に腰《こし》掛《か》ける。

「それで、獣人を見たというのは本当なんですか？　前も、クーデターがどうのっていう話をしたときに言っていたような気もしますが……」

「ああ、あのときは単なる噂《うわさ》だったんだ。だが、今回は話しかけられたって言うやつがいてな。最初は人族かと思っていたらしいんだが、フードを被《かぶ》ったままで怪《あや》しいと思っていたら、耳を隠していたらしい」

「話しかけられた？　獣人に？」

意外な話に、ノアは首をかしげる。この国には、普通《ふつう》に暮らす獣人など一人もいない。見つかればどんな目に遭《あ》わされるか分からないというのに、わざわざ話しかけるなんて自殺行為《こうい》もいいところである。

「どうやら人を捜《さが》しているらしくてな。一体どれだけ重要な相手か知らんが……」

その言葉に、どうやら見つかったのはグレイブではなく、グレイブを捜している人物なのではないかと気がついた。

やはり、もう近くまで来ているのだ。

「――それで、どうなったんです？」

「結局そいつは逃げおおせたという話だ。他にも森の中に潜伏《せんぷく》しているんじゃないかっていうんで、村で捜索隊《そうさく》を組むかどうかって話にまでなってるらしい」

ランドル自身は街で暮らしているのだが、村にも小さな支店があり、そこの人間が知らせたということのようだ。普段から、何か変わったことがあれば知らせるように言っているというのは、前にも聞いたことがあった。

「随分と大事《おおごと》じゃないですか」

「クーデターに失敗して逃げてきた奴《やつ》らが、村に来て悪さするんじゃないかってピリピリしてるんだ。当然だろう。俺にまで知らせが来たくらいだ」

「なるほど……」

確かに、村人側からすればそう考えるのはおかしな話ではない。

内心困ったことになったと思ったけれど、ノアは神妙《しんみょう》な顔で頷くに止《とど》めた。

「なぁ、この前も言ったが、この機会にしばらくの間でも街に身を寄せてはどうだ？」

これからどうするか、もう一度グレイブと話し合ったほうが良さそうだと考えていたノアは、その言葉にため息を零《こぼ》す。

結局その話をするために、ここまで来たのかと思ったからだ。

不安を煽《あお》り、街への移住を了承《りょうしょう》させる好機だと思ったのだろう。

「何度も言いましたが、そのつもりはありません。獣人のことは気になりますが、ここは結界の中ですから……」

「だが結界だって万全《ばんぜん》なものではないだろう？」

「それは、そうですけど、俺も気をつけていますから」

ノアがそういうと、ランドルはむっとしたように眉を顰めて立ち上がった。

帰るのだろうかと思ったのだが、なぜだかそのまま近付いてくる。

「……強情《ごうじょう》を張るな」

「別に、そういうつもりでは……」

上から睨《にら》みつけられて戸惑《とまど》う。ランドルがここまで強く出たことは、今までになかったからだ。

「強情でなければなんだ？　人がここまで言ってやっているというのに……！」

ランドルが手のひらでテーブルを叩《たた》き、ノアはびくりと体を震《ふる》わせた。

一体どうしたというのだろう？　嫌《いや》な感じの男だとは思っていたけれど、今日は特におかしい。こんな暴力的なところは、見たことがなかった。

ランドルがノアを睨みつける。

「一度分からせてやったほうがいいようだ」

「いっ……」

強引《ごういん》に腕《うで》を引っ張られ、まるで予測していなかったノアは床《ゆか》へと倒《たお》れ込んでしまった。痛みに顔を顰《しか》めるノアに、背後からランドルがのし掛かってくる。

ノアはぎょっとして目を瞠った。

少し前ならば、この状況《じょうきょう》が何を意味しているか、咄嗟《とっさ》には判断できなかったかもしれない。

だが、ノアはまさかと思いつつもランドルの下から逃《のが》れようとした。

しかしランドルは身長こそノアより少し高いだけだったが、体重は倍もありそうな男だ。そんな男に上から押さえつけられて、簡単に逃れられるはずもない。

「は、放してください！」

「暴れるな。聞いたぞ？　お前は魔術《まじゅつ》で攻撃《こうげき》することはできないらしいじゃないか」

言いながらランドルの分厚い手が、ノアの尻《しり》をいやらしくなで回す。

「親父《おやじ》も知っているならさっさと教えてくれればいいものを……」

その言葉に、どうやら今までランドルが強引な手に出なかったのは、下手をすればノアに魔術で反撃されると思っていたかららしいと気付く。

確かに、ノアは得意としている治癒《ちゆ》魔術と違《ちが》い、火に関しては一度魔術石や符に魔術を込めなければ、行使することができない。

現に今もランドルの手を退けることすら、できずにいた。

「もう少し肉があったほうが好みだが、悪くはないな」

「や、やめろっ！」

ぐにぐにと尻を揉《も》みしだかれて、怖気《おぞけ》がする。

前に、自分を抱《だ》いた相手がランドルだったら、自分は冷静ではいられなかっただろうと考えたことがあったが、実際はそれどころではなかった。

今にも吐《は》きそうなほど気持ちが悪くて、泣きたくなる。

「好きなだけ泣き叫《さけ》ぶがいい。どうせここには助けなど来ないのだから」

あざ笑う声に、ノアはハッと我《われ》に返る。

今寝室《しんしつ》に続く扉《とびら》の向こうには、グレイブがいるのだ。どれだけ状況は伝わっているだろう？

古いドアは簡単に音を伝えてしまう。

ノアが危険だと思って、グレイブが飛び込んできてしまったら大変なことになる。グレイブの身を危険に晒《さら》すことはできなかった。

もう手遅《ておく》れかもしれないと思いながらも、ノアはぐっと唇《くちびる》を噛《か》む。

どうしよう、どうしたらいい？

こっちに来るなと、大丈夫《だいじょうぶ》だと伝える手段があればいいのだが……。

「うぅ……」

だが、気色悪さに泣きそうになりながら、悲鳴を堪《こら》えるので精一杯《せいいっぱい》で、手立てが思いつかない。

「どうした？　諦《あきら》めたのか？」

楽しげな声で言う男に、黙《だま》ったまま身を硬《かた》くする。本当にどうしていいか分からなかった。

暴れたところでランドルを振《ふ》り払《はら》えそうにはなかったし、悲鳴を上げればグレイブに伝わってしまうだろう。

それならば、このままランドルにいいようにされるしか道はないのだろうか？

悔《くや》しさにじわりと涙《なみだ》がにじむ。

「ああ、そうして大人しくしているのであれば、多少はやさしくしてやってもいいぞ」

ランドルは、ノアの態度をいいように解釈《かいしゃく》し、欲望に粘《ねば》ついた声でそういうと、ズボンを下ろそうとする。ズボンが落ちないようにウエストで縛《しば》ってある紐《ひも》がほどかれるのを感じ、強く嚙みしめた奥歯がぎりりと音を立てた。

そのときだ。

ドアの開く音がしたと思った直後、ランドルがうめき声を上げてノアの上からいなくなった。ハッとして身を捩《よじ》ると、案の定そこにはグレイブが立っていた。耳を見られないようにだろう、フードを深く被《かぶ》っている。

「う、ぐぅ……な、なんだお前は……っ」

「黙れ」

床に倒れ込んでいたランドルを、グレイブの足が躊躇《ちゅうちょ》なく蹴《け》りつける。ランドルの巨体《きょたい》が跳《は》ねるほど強く。

そうして、力の抜《ぬ》けたランドルの襟首《えりくび》を摑《つか》んで持ち上げると、再び腕を振りかぶる。

「ひぃ！」

「だめ……！」

咄嗟に止めたのは、グレイブがランドルを殺してしまうと思ったからだ。いいとか悪いとか、相手が誰《だれ》だとかいうよりも前に、反射的にだめだと思った。

「ノア……こんな奴を庇《かば》う必要などないでしょう？」

「それは……」

確かにそう言われればそうなのかもしれない。まだほとんど何もされていなかったけれど、何をするつもりだったのかは分かっているし、おそらくノアを嬲《なぶ》ったあとはそのまま連れ去る気だっただろうことも予想できる。

それでも……。

「殺しちゃ、だめ……レイが、汚《よご》れる……」

ランドルのためではないと、そう訴《うった》えたのがよかったのだろうか。

レイは激情を堪えるように何度か深呼吸をし、ランドルから手を離《はな》した。床に落ちたランドルは、潰《つぶ》れたような悲鳴を上げ、そのまま這《ほ》う這うの体《てい》で家を出て行く。

開いたままになったドアを、グレイブはため息を吐きつつ閉めると、閂《かんぬき》を落とした。

「……本当によかったんですか？」

「……うん」

本当は分からなかった。これで大丈夫なのか。今後はどうするのか……。でも、ノアは頷《うなず》くしかない。少なくとも、自分のせいでグレイブの手が汚れなくてよかったと思うことだけは確かだった。

「助けてくれて、ありがとう」

礼を口にして、立ち上がろうとしたが、膝《ひざ》が震えて上手《うま》く行かない。グレイブはそんなノアの様子に気がついたのか、何も言わずに抱き上げてソファに座らせてくれた。

いや、ただ座らせたのならよかったのだが……。

「レイ……あの、下ろして」

「無理です」

ノアの言葉にグレイブはあっさりそう言うと、膝に乗せたノアをぎゅうぎゅうと抱《だ》きしめてくる。

「何をされました？」

「……何もされてない。レイがすぐに助けてくれたから」

「本当に？　やめろと言っていたじゃないですか」

「そ、れは……」

言ったかもしれない。

「やめて欲しいと思うようなことをされたのでは？」

「……ちょっと、尻を揉まれただけ」

いやだったが、それだけと言えばそれだけだ。だが、グレイブにとっては許しがたいことだったらしい。

「殺して埋《う》めるべきだった」

「そこまでじゃないだろ⁉」

本気で言っているとしか思えない口調に慌《あわ》てる。

「レイのおかげでそれだけで済んだんだから、あれで十分」

実際には十分どころか過剰《かじょう》だった気さえしなくもない。もちろん、そう思えるのも、あの程度で済んだからであり、今はこうして落ち着いているからこそだけれど。

「ありがとう」

「……俺が我慢《がまん》ならなかっただけです」

もう一度礼を言ったノアに、グレイブはそう言うとようやく腕《うで》の力を弱める。ノアは、手を伸《の》ばして、被ったままだったグレイブのフードを脱《ぬ》がせた。

その手をグレイブが掴む。そして、そっと自らの頬《ほお》に手を当てた。グレイブの手と頬は温かく、ノアは自分の手が冷たくなっていたこと、そしてわずかとはいえ未《いま》だに震《ふる》えていたことに気付く。

「ノア……やっぱり俺と一緒《いっしょ》にアメイジアに行きましょう？」

KILL

「え？」

「あの男の言っていた獣人《じゅうじん》というのは、おそらく俺を捜《さが》しに来た者でしょう」

それは、ノアも考えたことだ。

「きっと間もなく俺は、国に帰らなければならなくなります。ですが、このままここに……あんな男が来る場所にノアを置いて帰ることなんて絶対にできませんし、したくありません」

「レイ……」

灰色の目が、苦しそうにノアを見つめてくる。

「ノアが好きなんです。お願いですから、俺とずっと一緒にいてください」

「っ……」

「アメイジアは、獣人の王が治める国ではありますが、排他的《はいたてき》なルクセンとは違《ちが》います。獣人以外の種族も普通《ふつう》に受け入れられていますから、ノアがアメイジアで暮らすことには、何の問題もありません」

言葉に詰《つ》まったノアに、畳《たた》みかけるようにグレイブは言った。

すぐさま断れなかった自分自身にノアは戸惑《とまど》う。前は考えることなく断れたのに……。

ついさっきあんなことがあって、心が弱くなっているのもある。

だがそれ以上に、実際もうすぐそこまで、グレイブを捜しに来ている人物がいると分かったことで、グレイブがここを出ていく日が近いことを実感して淋《さび》しくなってしまった。

祖父の死後、ずっと孤独《こどく》に過ごしてきたノアにとって、グレイブはいつの間にか大切な存在になっていたのだと、改めて感じる。

——だが、それでも……。

ノアは、ゆっくりと頭《かぶり》を振った。

「できない……行けないよ」

祖父の残した家を捨てていくことが、ノアにはできそうもない。

それは、ここに祖父の愛情があるというだけでなく、怖《こわ》いからだ。生まれてからずっと、この家と、結界の中だけがノアの暮らす世界だった。そこを捨てることは、ひどくおそろしい。

それに、グレイブの立場もある。

グレイブが自分に恩を感じてくれていることは、間違いないだろう。アメイジアでノアが暮らすことに問題はないと、グレイブが言うならばそれもきっとそうなのだ。

けれど、好きだとか、結婚《けっこん》だとか、そんなのは……許されるとは思えない。

ノアはあまり世間を知らないけれど、それでも王族というのが大変な立場であることくらいは想像がつく。

「ですが、あの男は結界の中に入れるんでしょう?」

「それはそうだけど、これからは気を付けるから……大丈夫《だいじょうぶ》。攻撃《こうげき》用の符も、用意しておく」

それでもまた何かあれば、諦《あきら》めて通行証を取り上げるしかないだろう。

その後の生活は厳しくなるかもしれないが、村までならばノアの足でも出掛《でか》けられないことはないはずだ。正直言えば、それだけでも怖いとは思うけれど、子どもではないのだ。きっとなんとかなる。なんとかしなくてはならない。

「レイは、心配しなくていい」

ノアの言葉に、グレイブはくやしそうに唇《くちびる》を噛《か》む。

「……心配くらいさせてください」

グレイブはしばらく苦悩《くのう》するように俯《うつむ》いて黙《だま》り込んでいたが、やがてゆっくりと顔を上げた。

「せめて、ノアを援助《えんじょ》させてください。すぐにというわけにはいきませんが、王宮に戻《もど》り次第《しだい》、こちらに物資を届けられる者を手配します」

思わぬ申し出に、ノアは驚《おどろ》いて目を瞠《みは》り、それから慌てて頭を振《ふ》る。

「そんなわけにいかないよ」

「それくらいは、させてください。そうでなければ、心配で、とてもここを離《はな》れることなどできません」

「でも、アメイジアの人がここに来るのは危険だし……」

「確かに、獣人がアメイジアからここに来るのは、現状を見ても難しいでしょうが、ルクセンに潜入《せんにゅう》している人族の者もいますから」

「けど……」

「お願いですから、俺にノアを守らせてください」

「そんなこと……」

そんな迷惑《めいわく》は掛けられないと思うのに、ノアを見つめるグレイブの目は、一歩も引く気はないというようにまっすぐで、ノアは言葉に詰まってしまう。けれど……。

「援助は受けられない」

「ノア……！」

咎《とが》めるように名を呼ぶグレイブに、苦笑《くしょう》する。

「聞いて。俺は、レイと一緒に暮らせて幸せだった。だから、施《ほどこ》しは受けられない。でも、ランドルの代わりに魔術《まじゅつ》石や符を買い取ってくれるというなら、歓迎《かんげい》する」

それでも、グレイブの立場からしたら負担かもしれない。だが、礼として受け取れるのはそこがギリギリの線だった。

「……分かりました。本当は衣食住全部俺が面倒《めんどう》見たいけど、ノアがそのほうがいいなら、我慢します」

グレイブはそう言うと、ぎゅっとノアを抱きしめる。スリスリと頬をすり寄せる仕草は、子どもの姿だったときのことを思い起こさせて、ノアは笑った。

「そうだ。国が落ち着くまでは難しいでしょうけど、落ち着き次第、俺が直接買い取りに来ます」

「え？　いや、だから、獣人がここに来るのは危険だって……」

しかも、王族がこっそり国境を越《こ》えてきているなんて大問題なのではないだろうか。

「ばれないようにします」

「ばれないようにって……」

実際、グレイブを捜している獣人の姿などは、こんな森の中だというのに目撃されてしまっているのだが。

「ちゃんと場所が分かっていて向かうのと、捜して彷徨《さまよ》っているのでは違いますから」

ノアの言いたいことが分かったかのように、そう言われてしまう。けれど、まぁ確かにそれも一理ある……のだろうか。

はっきりとは分からないけれど、ノアはその言葉を否定できなかった。

本当は、ノア自身も、できることならばまたグレイブに会いたいと思っていたから……。

「そのためにも、あの商人から通行証を取り上げる必要がありますね」

「……それは、そうだね」

ノアとしては、自分の持っている通行証を渡《わた》すことも、考えていたけれど、ランドルから取り上げられるならばそのほうがいいに決まっている。

「ああ、方法は俺のほうで考えておくので、ノアは心配しないでください」

何を言っても無駄《むだ》そうだと、ノアは諦めてため息を吐《つ》く。

そんなノアに、グレイブはくすりと笑った。

「いつかノアがアメイジアに行ってもいいと言ってくれるまで、俺は諦めませんから、覚悟《かくご》しておいてくださいね」

冗談《じょうだん》めいた口調だったけれど、ぎゅっと抱《だ》きしめる腕に力がこもるのを感じて戸惑う。

「レイ、俺は……」

「今日はこれ以上言いません。だから、そんなに困った声を出さないでください」

宥《なだ》めるようにそう言われて、ノアはもう一度、今度は先ほどよりも大きなため息を吐いた。


グレイブが言わないと言ってくれたこともあって、それ以上今後のことについては口にせず、夜を迎《むか》えた。

ノアがアメイジアに行くことをグレイブがちっとも諦めていないというのは、困りものだとは思う。けれど、それを少しだけうれしいと思ってしまう自分がいることに、ノアも気がついていた。

いずれまたグレイブがここを訪ねてくれるというなら、それがうれしくないはずはないのだ。

もちろん、しばらくの別離《べつり》がもう間もなくやって来ることも、分かっている。油断するとしんみりしそうになるのは仕方のないことだろう。

「レイ、今日は少し早めに休むね」

ノアがそう言うと、グレイブは頷《うなず》いて寝室《しんしつ》へと入っていった。

グレイブが大人の姿に戻ってから、ノアは祖父が生きていたときと同じように、居間のソファで眠《ねむ》っている。グレイブは自分がソファで寝《ね》ると言ってくれたけれど、足がはみ出てしまうからと諦めさせた。

暖炉《だんろ》の中で火の魔術石が赤く灯《とも》って、部屋を暖めているのを瞼《まぶた》の裏で感じながら、ゆっくりと意識が溶《と》けていく。

だが――――。

「ノア！　起きてください！」

突然《とつぜん》、言葉と同時に、体を浮遊感《ふゆうかん》が襲《おそ》った。

驚いて目を開けると、ごく近くに赤く染まったグレイブの顔がある。まるで夕日を浴びているかのように赤い……。

「なんで……？」

それを不思議に思うのと、室内が異様に暑いことに気付いたのはほぼ同時だった。寝ぼけていた意識が覚醒《かくせい》するのには十分な刺激《しげき》だ。浮遊感を感じたのは、グレイブが自分を抱き上げていたからだということも同時に理解する。

「火事です！」

「えっ」

言いながらも、レイはドアを足で蹴《け》り開けていた。その後わずかに身を屈《かが》めたかと思うと、家から走り出る。

ノアはグレイブの肩越《かたご》しに、燃えさかる家を見て目を瞠った。

「どうして……」

火の気などどこにもないはずだ。

薪《まき》を手に入れるほうが難しい環境《かんきょう》であることから、暖炉も、ランプも、竈《かまど》も、全《すべ》て火の魔術石でまかなっているのだ。

燃え移るはずがない。だというのに、なぜ……。

呆然《ぼうぜん》とするノアの視線の先で、家が焼け落ちていく。

「いや……いやだ……なんで……」

そう呟《つぶや》く間にも、グレイブはノアを抱《かか》えたまま走る。そして、泉の横にノアを下ろした。

水を見て、ノアはようやく我《われ》に返った。そうだ、嘆《なげ》いている場合ではない。

「バケツを……」

「持ってきました！」

玄関《げんかん》を通るときに拾い上げていたらしい。グレイブはすでに水を汲《く》み、駆《か》け出していた。それを見て、ノアも立ち上がる。畑にも一つ、バケツがあるのだ。

かくりと折れそうになった膝《ひざ》を叱咤《しった》し、走り出す。バケツを持って泉に戻《もど》ると、ノアを捜していたらしいグレイブがほっとしたように表情を緩《ゆる》めた。

その後は火を消そうと、二人で懸命《けんめい》に水を運んだ。けれど……。

ようやく火の気が収まった家の前で、ノアは崩《くず》れ落ちるように膝を折った。

火の気で明るかった森は、再び夜の闇《やみ》に沈《しず》み、月明かりに照らされた家屋は、見るも無惨《むざん》な有様となっている。

消火にそれほど時間がかかったわけではない。けれど、家自体がとても小さいこともあり、結局は、焼け落ちてしまった。全てが燃えたわけではないが、もう、人の住める有様ではない。修繕《しゅうぜん》するよりも建て直したほうが早いだろう。

「すみません、ノア……」

「……どうして、レイが謝るの？」

微笑《ほほえ》んであげたかったけれど、それはうまくできなかった。熱を持った頰《ほお》を、涙《なみだ》が流れ落ちていく。

けれど悲しみはまだやってこない。正直、信じられないような気持ちでいっぱいだった。悪い夢の中にいるようで……。

グレイブがゆっくりと、ノアを抱きしめる。逆らうでも、かといって抱きしめ返すでもなく、ノアはただそれを受け入れる。

涙が、止まることなくこぼれ落ちていく。

胸の奥に、少しずつ、涙が悲しみとして溜《た》まっていく気がした。そうしてようやく、悲しみが追いついて、ノアは小さくしゃくり上げる。

「なくな……ちゃった……」

「……」

「じいさんが残してくれた家……っ」

「ノア……」

抱きしめる腕《うで》に力がこもり、ノアも縋《すが》り付くようにグレイブの背に腕を回した。

そうして、泣き続けるノアを、グレイブはずっと抱きしめていてくれたのだが……。

不意にグレイブが、ノアの耳元に唇《くちびる》を寄せた。

「――ノア、誰《だれ》か来たみたいです」

「え……？」

こんな場所に？　誰が？　まさかランドルが？　と、そう思ったときだった。

「そこに誰かいらっしゃるのですか？」

まったく聞き覚えのない声だったが、グレイブの腕からわずかに力が抜《ぬ》ける。意外な反応に、ノアは不思議に思いつつ声のしたほうへと視線を向けた。

「ひょっとして、フランか？」

「そのお声はやはり……！」

　真っ暗になった森を、ランプの明かり一つないままに足音が近付いてくる。

「ああ、ご無事だったのですね……」

　感極《きわ》まったように言う声を聞いて、ノアにもこの男がグレイブを迎えに来た者だと分かった。

「ノア、安心してください。この者は俺の従者です」

　グレイブの言葉にノアは頷き、ハッとして抱きついていた腕を外す。だが、ノアを抱いているグレイブの腕はそのままだったため、結局抱きしめられたまま話を聞くことになってしまった。

　どうやら予想していた通り、フランと呼ばれた男は数日前からグレイブを捜《さが》していたらしい。この辺りにいることは分かっていたけれど、どうしても見つけられなかったという。

「結界のせいだろうな。だが、なぜ今はここに……」

「よく分かりませんが、突然火の手が上がったと思ったら、怪《あや》しい者を見つけたのです。それを捕《と》らえているうちに火が消えたようで……」

「怪しい者？」

「とりあえず縛《しば》り上げておきましたが、確認《かくにん》されますか？」

　グレイブが頷くと、フランらしき足音が遠ざかり、しばらくして何かを引き摺《ず》るような音とともに戻ってきた。

「この男は……」

グレイブは小さく息を呑《の》み、ようやくノアを抱《だ》いていた腕が離《はな》れる。

「ノア、商人です」

「え？」

その言葉に振《ふ》り返ったものの、暗くてよく分からない。

「商人って、ランドル？　ええと、昼間の？」

「ええ、間違《まちが》いありません。……怪しい者と言ったな？　なぜそう判断した？」

「誰もいなかったはずの場所に突然現れたのです。その上、懐《ふところ》に火種となるものを忍《しの》ばせておりましたので」

フランの言葉に、ノアは目を瞠《みは》った。火種？

「レイ……それって、つまり……」

「……この男が火を放ったとみるべきでしょう」

苦しげな声でそう言ったあと、やはり殺して埋《う》めるべきだったと呟いたグレイブをノアは咎《とが》められなかった。ランドルが火を放ったというなら当然、昼間の報復だろう。

けれど……。

「俺が甘かったです」

「なんで……レイのせいじゃないよ。俺がいいって言ったんだから」

なぜか責任を感じているらしいグレイブに、ノアは慌《あわ》てて頭《かぶり》を振った。

「俺がランドルから通行証を取り上げて、結界の外に出るまで見張るべきだったんだよ」

あのときは、自分のためにグレイブに人を殺させたくない一心で、そこまで考えられなかったのだ。もちろん、襲われた衝撃《しょうげき》で冷静でなかった、というのもあると思う。

ようやくわずかだが頭が冷えてきた。ランドルに関してはもう、今更《いまさら》どう考えても詮無《せんな》いことだ。だが、おかげで備えるべき事態であることを思い出せた。

「さっきの話だけれど」

「はい」

「急に火の手が上がったとそっちの……フランさん、が言ったのは、結界がそのときに破れたんだと思う。それまでは燃えていたのが外からは見えなかったんだ」

グレイブは小さく息を呑んだが、すぐに納得《なっとく》したように頷《うなず》く。

「それで、フランもここまで来ることができたんですね」

「けど、それなら……まずいかもしれない」

「まずい？」

「フランさんに見えたというなら、村の見張り台からも、見えたかもしれない」

ここは国境の森であり、平時であっても村には必ず見張り台に一人置くように国から命令が出ていると祖父から聞いていた。夜に森が燃えていれば、当然だが相当目立っただろう。

「ここに誰か来る恐《おそ》れがあるということですね」

グレイブの言葉に、ノアは頷いた。そうして、グレイブの腕から離れると、立ち上がる。

「ここは俺が応対する。レイは、フランさんとここを離れて。……今まで、ありがとう」

「何を言って……いやです、俺はあなたを置いてはいきません」

肘《ひじ》を摑《つか》まれて、ノアは苦笑《くしょう》する。

「ルクセンが獣人《じゅうじん》に偏見《へんけん》のある国だと分かっているだろう？　ここにいては危険だよ」

「――――誰かが来ます」

ノアが言い終わるか終わらないかというううちに、フランが小声で警告のように口にした。

「逃《に》げないのならせめて隠《かく》れて」

肘を摑んだグレイブの手に一瞬《いっしゅん》力が込められたが、すぐに外れる。

二人が身を隠すより早く、ノアの目にもランプらしい明かりが近付いてくるのが分かった。

人のざわめきも。

どうやら相手は一人ではないらしい。

ノアは一度深呼吸すると、覚悟《かくご》を決めて口を開く。

「すみません！　アイゼン村の方ですか？」

緊張《きんちょう》で少し声が震《ふる》えた。人と話すこと自体、あまり慣れていないのだ。それでも敢《あ》えて自分から声をかけたのは、そのほうが怪しまれないだろうと思ったからだった。

ぼそぼそとした声が近づいてきて、木々の間からランプを持った男たちが姿を現す。四人は二十代から四十代ほどで、手にはランプとは別に斧《おの》を持っている。村の警備隊の者の可能性が高そうだ。

斧は武器というよりも、延焼《えんしょう》があった際に木を切り倒《たお》すためのものだろう。

「あんたは……」

「ここに住んでいる魔術師《まじゅつし》です。村長さんはご存じだと、祖父からは聞いていますが……」

膝《ひざ》から崩《くず》れ落ちそうなほど足が震えていたけれど、できるだけ不審《ふしん》に思われないように、はっきりとした口調を心がけた。

「魔術師のじいさんと孫が住んでいるというのは、知っているが」

口にしたのは一番年長と見られる、四十絡《しじゅうがら》みの男だ。

「ああ、それです。祖父は亡《な》くなりましたから、今は俺一人です。ここには火事を見て？」

ノアの問いに、四人は顔を見合わせて頷く。

「燃えたのは俺の家です。この男に、火をつけられて……」

「なんと……」

ランプに照らされた先では、気を失ったランドルが後ろ手にロープで巻かれている。

ノアも改めてそれがランドルであることを確認した。

男たちもランドルのことは知っていたらしい。もちろん、ランドルが森に住む魔術師と商売をしていたことも。

「火は消えましたが……消し止めるまでに随分《ずいぶん》と燃えてしまって」

ノアが言うと、男たちのうち二人が家の様子を見に行った。

さすがに男たちもノアが自分の家に自分で火をつけたと疑うことはなく、ランドルが火種を持っていたことや、ここを知るのがランドルだけであったというノアの証言から、ほぼ間違いなくランドルがやったと確信したようだった。

「とんでもないやつだ！」

「元からろくでもない男だと思っていたが……」

「森に火をつけるとはな」

森に火をつけるのは大罪だという。実際に火をつけた先がノアの家であったとしても、森に延焼していれば大変なことになるのだから当然だろう。

男たちは口々にランドルを罵《ののし》る。聞いている感じからすると、村人とはもともと仲がよくなかったようだ。このまま連れ帰って執政官《しっせい》に突《つ》き出してくれるというので、全面的に任せることにする。放火が立証されれば、ランドルは死罪になる可能性が高いらしいが、庇《かば》う気にはなれなかった。

「あんたも大変だったな」

「どうする、このまま今夜は村に行くか？」

そう誘《さそ》ってもくれたが、ノアは頭を振る。事情があってどうしても急いで燃え跡《あと》で捜《さが》したいものがあるからと言うと、男たちはよほどノアを気の毒に思ってくれたらしい。

「古いものだがないよりマシだろう」

そう言ってランプを一つ譲《ゆず》ってくれた。嘘《うそ》をついているノアは、男たちに申し訳ないと思ったが、ありがたくちょうだいする。

そうして、ノアはランドルを引き摺る男たちを見送った。

「――お疲《つか》れ様でした」

男たちの持つ明かりが十分に離《はな》れてから、グレイブの声がして、ノアはゆっくりと振《ふ》り返る。

やはり、隠れていただけで、逃げてはいなかったらしい。

グレイブの半歩うしろに、三十代半ばとおぼしきフード姿の男が立っている。彼がフランだろう。ランプのおかげで、ようやく姿をはっきりと見ることができた。

「さっきは言い忘れたけど、迎《むか》えが来てよかった」

ノアの言葉に、グレイブは覚悟を決めたように唇《くちびる》を引き結ぶと、まっすぐにノアを見つめる。

「こんなことになってしまったノアに、俺の言葉は無神経に思えるでしょうが……それでも、言わせてください。――俺と一緒《いっしょ》に、アメイジアに行きましょう」

ここにはもう何もない。

グレイブが口にしなかった言葉が、ノアの耳には届いた気がした。

祖父の残してくれたものの大半を失ったノアに、グレイブの申し出はありがたいものだ。同時に、割り切れない気持ちになることも、グレイブは分かってくれている。

ここにいられないから次へ、とそんなふうに考えられるものではないと、むしろ申し出をする自分を悪だとさえ思っているかのように……。

こうなったのはグレイブのせいでは絶対にないと、ノアは分かっている。いや、グレイブがいなければ、違《ちが》う状況《じょうきょう》になってはいただろう。

ぼろぼろにされるのは家ではなく、ノア自身がランドルに陵辱《りょうじょく》され、ぼろぼろにされてここから連れ去られていた可能性が高い。

ひょっとしたら、その時期はもう少し遅《おそ》かったかもしれないが、近い将来であったことは間違いない。

感傷に浸《ひた》るだけでなく、決断するべきなのだろう。

胸の痛みに、強く目を瞑《つぶ》る。そして、固唾《かたず》を呑《の》んで返事を待っているグレイブに視線を向けた。

「……本当に、いいの？」

「――――もちろんです！」

ノアの言葉に、グレイブが大きく頷く。

「仕事と、住むところを紹介《しょうかい》してくれたら、すごく、助かるんだけど」

「ええ、もちろん。ノアの望むようにすると約束します」

ノアの語尾《ごび》を攫《さら》うようにそう言って頷くグレイブに、ノアはようやく少しだけ、笑《え》みに似たものを浮《う》かべることができた。

「ありがとう」

囁《ささや》くような声でそう言ったノアにグレイブが手を伸《の》ばす。

「礼なんて、言わないでください……」

ぎゅっと強く抱《だ》きしめられて、ノアは一滴《ひとしずく》だけ、涙《なみだ》を零《こぼ》した……。

◆

ふ、と目が覚めた。

ノアはしばらく、自分が置かれた状況が分からず、ゆっくりと瞬《まばた》きを繰《く》り返す。

焦点《しょうてん》を結んだ視界には、暗い夜の森で動物たちが円を描《えが》いている様子が映った。それが、ベッドの天蓋《てんがい》に描かれた絵であることを理解するのにまた少し時間がかかる。

ベッドに覆《おお》いがあることも、そこに絵が描かれていることも、ノアの常識の外にあったからだ。

不思議に思いつつ、生まれて初めて味わうふかふかのベッドで、ノアは身を起こした。

一体ここはどこだろう。

ベッドには薄《うす》いカーテンが掛《か》かっていて、外の様子は分からない。うっすらとした明るさから、夜ではなさそうだ、とだけ思う。

「馬車に乗ったところまでは、覚えてるんだけど……」

あのあと、三人はすぐにその場を離れた。氷室と泉に置かれた水の魔術石の二つだけを回収して……。残念ながら結界用の石は案の定、強い火の気によって割れていた。もともと内側からの攻撃《こうげき》に対応するものではなかったので、仕方がない。あとは全《すべ》て置いていくことにした。

使えるものはほとんどないように見えたし、何より、夜のうちに国境を越《こ》える必要があったためだ。

それが自分の都合であることをグレイブは謝罪してくれたが、ノアは気にしなくていいと頭《かぶり》を振った。

そうして森をしばらく歩き、開けた場所で馬車に乗ったところまでは覚えているのだが……。

おそらく眠《ねむ》ってしまったのだろう。体も心もくたくたに疲れていたし、馬車の椅子《いす》は、家のソファの倍ほどもふかふかだったから……。

グレイブに迷惑《めいわく》を掛けてしまったことに、ノアは落ち込む。ついてきただけで十分に迷惑であり、これから住む場所や仕事などでさらに迷惑を掛けるというのに。

落ち込んだせいか、ついつい焼けた家のことまで思い出してしまい、胸が塞《ふさ》がる。あの家にいられれば、こんな迷惑を掛けることもなかっただろうに、と。

しかし、それはもう考えても詮無《せんな》きことだ。ノアは大きく息を吐《は》き、気持ちを切り替《か》えようと努めた。

——それにしてもどうしてベッドにカーテンが掛かっているのだろう?

次に浮かんだのはそんな疑問だ。ひょっとして、このベッドが部屋なのだろうか？　そうであってもおかしくないくらいに大きい。ノアの家の寝室《しんしつ》と同じくらいあるのだ。ノアであれば三人、詰《つ》めたら四人は眠れそうだ。

そんなことを思いつつ、ノアはそっとカーテンに手を掛けた。ちらりと細く開ける。すぐ横にサイドテーブルがあり、その上にはランプと水差し、グラスが置かれていた。その向こうに衝立《ついたて》とドアがある。

そのまま視線を巡《めぐ》らせて、ノアは目を丸くした。やたらと広い部屋だ。ノアの家がまるごと二つ入ってしまいそうなほど広い。ソファセットや暖炉《だんろ》、テーブルや椅子などが置かれているのも見えた。

床《ゆか》には当然のように絨毯《じゅうたん》が敷《し》かれていて、ノアはそこに足を下ろしていいのか迷う。

こんなきれいな絨毯に足をついて、汚《よご》してしまわないだろうか。気になって自分の足の裏を確認《かくにん》すると、泉で洗ったあとのようにきれいだった。そのときになって気付いたが、服も着替《きが》えさせられている。夜着なのかシャツをそのまま伸ばしたような服で、ズボンは穿《は》いていなかった。馬車に乗ったときは煤《すす》だらけの服だったから、グレイブが着替えさせてくれたのだろう。

首に下げている革袋《かわぶくろ》だけはそのままだった。中にはもう使うこともない通行証と、祖父の形見となってしまった魔術石《まじゅつせき》を二つ入れていたが、それも変わらずそのままになっている。

この前まで自分が面倒《めんどう》を見ていた相手に面倒を見られたことが、申し訳ないような気恥《きは》ずかしいような気分だ。

思わずノアがため息を零したそのとき、ドアが静かに開いた。ぎくりと身を竦《すく》ませたノアだったが、すぐにドアを開けたのがグレイブだと気付いてほっとする。

　グレイブもまた、ノアが細く開けたカーテンに気付いたらしい。

「起きていたんですね。すみません、気付かなくて」

「いや、今起きたところだから……」

　グレイブはノアの返事によかったと安堵《あんど》したように頷《うなず》いて、尻尾《しっぽ》を揺《ゆ》らす。それから室内のカーテンを開けた。窓にはどれも大きなガラスが嵌《は》めてあり、室内がぱっと明るくなる。

　ノアは、あんなに大きなガラスを見るのは初めてだった。驚《おどろ》いて目を瞠《みは》っている間に、グレイブは全てのカーテンを開けてベッドの近くへとやって来る。

「ここは、どこ？」

「ここは俺が暮らす離宮《りきゅう》の一角です」

「離宮……」

　そう言われても、ノアにはまるでピンとこない。

「離宮というのは……王宮から切り離された場所に造られる別の宮殿《きゅうでん》、と言えばいいのでしょうか」

　話しながら、グレイブはベッドにかかったカーテンを半分開き、天蓋の柱についていた紐《ひも》でくくると、そのままベッドに腰《こし》掛《か》けた。

「王の子は生まれたときに、それぞれの離宮が与《あた》えられるんです」

　グレイブは王位に就《つ》いた兄に子どもが生まれるまでは、この離宮で暮らし、その後は公爵《こうしゃく》位を賜《たまわ》り、ここを出る予定だという。

「とりあえずそれまでは、ノアもここで一緒《いっしょ》に暮らしましょう」

ふんふん、と話を聞いていたノアは、その言葉に驚いて目を瞠った。

「ここでって……？」

「暮らす場所を紹介するという話だったでしょう」

グレイブはさらりと言ったけれど、ノアは慌《あわ》てて口を開く。

「いや、それは本当に紹介だけしてくれれば……」

「ノアは俺と一緒に暮らしてくれたじゃないですか」

グレイブは少し不服そうな顔で言うと、パタンと尻尾でベッドを叩《たた》いた。子ども姿だったときにも時折見られた感情表現である。かわいいと思ったけれど、ごまかされる気はない。

「それは、そうだけど……他《ほか》に暮らせるような場所がなかったし、レイは怪我《けが》をしていた上に子どもだったんだから当然というか……」

自分とはあまりにも、状況《じょうきょう》が違《ちが》うと言い募《つの》る。

「確かに、この国にはここ以外にもノアの暮らせる場所はあると思います。でも、俺がノアにここにいて欲しいんです」

「レイ……」

「結婚《けっこん》して欲しいと言ったでしょう？」

それは聞いた。けれど、そんなことを言われてもやはり困ってしまう。

「俺はそういうつもりで来たわけじゃないよ。レイに責任を取ってもらおうなんて思ってない。あれは事故みたいなものだったんだし」

「……今はそれでも構いません」

しおしおという言葉がぴったりくるほどしょんぼりと尻尾と耳と肩《かた》の全部を落としたグレイブに、ノアは内心少しだけ慌てた。

けれど、グレイブはしょんぼりしつつもノアの手をぎゅっと握《にぎ》ると、まっすぐに顔をのぞき込んでくる。

「でも、俺にはノアしか考えられないんです」

真剣《しんけん》な目で言われて、ノアは息を詰めた。

「ノアが俺の運命の相手だと、心で感じているんです。ノアのことが好きだからこそ、俺はノアとずっと一緒にいたい。結婚したいと思っているんです」

グレイブが本気で言っているのだと、痛いほど伝わってくる。その言葉を否定することだけは、ノアにもできないのだと感じた。

「――――結婚してもいいと言ってもらえるまで、がんばります。ノアの嫌《いや》がることはしません。だから、せめてそばにいてください」

そう言いながら、グレイブはゆっくりと、けれど思わぬ強さでノアを抱《だ》きしめる。

絶対に放さないというように、腕《うで》の中に閉じ込められて、ノアは心底困り果てた。

何より戸惑《とまど》うのは、困ったと思いつつも自分がこの抱擁《ほうよう》をいやだとは思っていないことだった。

もちろん、怖《こわ》いとも思わない。むしろ、少しだけほっとするような気さえして……。

だが、拒否《きょひ》するべきかと思ったとき、不意に腕がほどかれた。

「すみません。困らせてしまいましたね」

グレイブが苦笑《くしょう》する。

「とりあえず食事にしませんか。顔も洗って……。そのあとは、仕事を紹介《しょうかい》します」

そう言われて、ノアはこくりと頷く。

今のことを蒸《む》し返すのはなんだか気恥ずかしかったし、確かに腹が減っていると気がついたからだ。

グレイブが手ずから運んでくれた洗面器で顔を洗い、柔《やわ》らかいタオルで水気を拭《ぬぐ》う。

「食事は隣《となり》の部屋に用意しました。食堂まで行くよりいいかと思って」

「食堂？」

「食事専用の部屋です。夕食はそちらにしますか？」

「よく分からないから、レイのしたいようにしていいよ」

結局住む場所について丸め込まれたのではと気付いたのは、用意されていた柔らかい室内履《ば》きに足を入れつつ、そう口にしたときだ。

「……レイ」

「なんですか？」

じっとりとした目で軽く睨《にら》んでみたものの、グレイブはにこにこと笑っている。

パタパタと尻尾はうれしそうに揺れていた。

結局何も言えなくなって、ノアは小さくため息を零《こぼ》す。自分がグレイブに弱いのだということを思い知らされた気分だ。

年下とはいえ、もう子どもではないというのに。

隣の部屋は寝室よりもさらに広かった。窓際《まどぎわ》にテーブルがあり、そこに一人分の食事の支度《したく》がされている。

「俺は先に食べましたから」

ノアが疑問に思ったことが分かったのだろう。グレイブはそう言うと向かいの椅子《いす》に座る。

「そっか。今って何時くらい？」

「そろそろ二時になります」

「随分《ずいぶん》長く寝《ね》ちゃったんだな……。ごめん」

謝りつつ椅子に座ったノアに、グレイブはとんでもないと頭《かぶり》を振《ふ》る。

「……疲《つか》れていたんでしょう」

「ありがとう」

労《いたわ》りのこもった声に苦笑して礼を言い、ノアはテーブルの上に改めて目を向ける。

パンとシチュー、皮をパリパリに焼いた鶏肉《とりにく》と野菜。どれもおいしそうだが、見たこともないような料理ではなかったことにほっとした。

そうしてまずは、とシチューに口をつけたのだが、ノアはその味に軽く目を瞠る。

「……おいしい」

ミルクの味の濃《こ》いシチューは、やさしい味わいで、じんわりと染《し》みるようだった。

「よかった」

グレイブがほっとしたように笑う。

シチューだけでなく、料理はどれもおいしかった。ふかふかでまだ温かいパンにはチーズが練り込まれていて食欲を誘《さそ》ったし、鶏肉は柔らかく、甘辛《あまから》い味付けがたまらない。

気付けばノアは話をするのも忘れて、用意された皿をきれいに空にしてしまっていた。

「おかわりは？」

「大丈夫《だいじょうぶ》」

正直食べ過ぎたくらいだ。慌てて頭を振ると、グレイブが分かったと頷《うなず》く。グレイブも、この量が普段《ふだん》のノアの食事量からして少し多いと分かっているからか、遠慮《えんりょ》をしているというような誤解を受けることはなかった。

「お茶をもらってきます。ちょっと待っていてください」

グレイブはそう言うと一旦《いったん》席を立ち、寝室《しんしつ》に繋《つな》がるのとは別のドアから出て行く。だがすぐにポットとカップの載《の》ったトレイを手に戻《もど》ってきた。

注がれるお茶はきれいなオレンジ色をしていて、柑橘《かんきつ》系の香《かお》りがふわりと漂《ただよ》う。

「少しだけ、仕事の説明をしましょうか」

お茶を飲みつつ、グレイブの言葉に頷いた。

「王宮には魔術師《まじゅつし》が一人いるんですが、ノアには彼と一緒に働いてもらえたらと思っています」

「それって、時魔術の？」

「ええ、そうです」

グレイブは頷く。どうやら、グレイブを子どもの姿にする魔術を掛《か》けた本人で間違いないらしい。

「ただ、彼が時魔術を使うことは秘密です」

「え？」

「表向きは風魔術の使い手ということになっています。時魔術は稀少《きしょう》なので、一般《いっぱん》には秘されているんです。同じようにノアが治癒《ちゆ》魔術を使うことも、今のところ知るのは俺と兄上だけです。ノルド――その時魔術師にはこれから伝える予定です」

「そうなんだ」

確かに、そのノルドという魔術師が時魔術を使うことが分かっていたら、グレイブが子どもの姿になって逃《に》げる作戦も効果が薄《うす》くなっていただろう。

「本来は王と王太子のみが知ることなんですが、有事でしたから」

「そんな大切なことを、俺が知っちゃってよかったの？」

「ノアはこれから彼と一緒《いっしょ》に働くのだから、どうせ知ることになります」

それもそうか、と頷いてからこれは完全に外堀《そとぼり》を埋《う》められているのでは、という気がしたけれど、グレイブに住む場所と仕事を紹介して欲しいといったのは自分だ。それに何より、グレイブがやたらとうれしそうだから、異論は挟《はさ》まないことにした。

空になったカップをソーサーに戻す。

「お茶を飲み終わったなら、仕事場に案内しますよ。あ、その前に着替《きが》えですね」

少し待ってくださいと言って、グレイブが壁《かべ》にいくつもある扉《とびら》の一つを開いた。そこには何着かの服が掛けられている。

その中からシャツやズボンなどを一式選び出していく。

「こちらに着替えてください」

「え、でも……いいのか？」

グレイブが差し出した服は、随分と上等なもののように見える。ノアとしては、多少煤《すす》けていても着てきたシャツとズボンを返してもらえば十分なのだが……。

「ノアが着ていたものは洗濯《せんたく》していますから、今はこちらで我慢《がまん》してください」

「我慢なんて……うん、ありがとう」

結局渡《わた》されるままに靴下《くつした》や靴まで身につけて、最後にローブを羽織る。そういえば、ローブの一枚も持ち出せなかったのだ。寝ているときに身につけていなかった服は全部燃えてしまったから、仕方がないけれど。

グレイブが手を伸《の》ばして、ノアの髪《かみ》を指でとかすように何度かなでつけた。そうして満足そうに頷く。

「行きましょう」


風呂《ふろ》やトイレ、食堂といった必要な場所の位置を教えられながらグレイブの離宮《りきゅう》――銀の離宮と呼ばれているらしい建物を出て、十五分ほどは歩いただろうか。

「あそこが、ノアの仕事場になります」

グレイブがそう言って指さした先には、背の高い建物が建っていた。

「あの塔《とう》が？」

「はい。代々の王宮付き魔術師の仕事場です」

塔は苔《こけ》と蔦《つた》に覆《おお》われていたが、もともとは真っ白だったのだろう。無骨さはなく、どこか優美だった。

塔の周りには高い壁があり、入り口の門扉《もんぴ》の前には鎧《よろい》姿の男が二人立っている。

「塔には決まったものしか近付くことができません。魔術師の身はもちろん、機密を守るために、一日中、夜も交代で警備のものが立っています」

昔はもっと魔術師の数が多かったが、今ここを使っているのはノルドだけだという。

「ノルドは王宮内に部屋があるんですが、ほとんどここに住み着いていて戻らないんです。ノアのことは知らせてあるので、問題ないと思いますが……」

そう言いながらグレイブはノアを伴《ともな》って門扉に近付く。門番はグレイブの顔を見て、ドアを開け、その場で敬礼した。二人の頭の上の耳がピンと立っているのを見て、ノアは思わず微笑《ほほえ》む。

途端《とたん》に二人は軽く目を瞠《みは》った。二人のうち、年かさの男はすぐにごまかすように黙礼《もくれい》したが、若いほうは目尻《めじり》を下げて笑ったかと思うと顔を引きつらせる。

不思議に思ったが、その時には門を通り過ぎて中に入っていた。

「……ノアは俺以外の前で、むやみに微笑まないでください」

首をかしげていると、どこか拗《す》ねたような口調でグレイブが言う。

「かわいすぎるからです」

「なんで？」

「なんだよそれ」

　思わぬ言葉にノアは笑う。もちろん、冗談《じょうだん》だと思ったからだ。あまりにこにこしていては、魔術師として威厳《いげん》がないとか、そういうことかもしれない。

「そういえば、今の二人って……」

　なんの動物なのかと訊《き》こうとして、こういうことを訊くのは獣人《じゅうじん》の間では失礼だったりするのだろうかと言いよどむ。

「あの二人に興味が？」

　グレイブの言葉がどこか不機嫌《ふきげん》そうで、ノアは驚《おどろ》いてぱちりと瞬《しばたた》く。

「興味っていうか……」

「なんです？」

「いや、その……レイ？　怒《おこ》ってるの？」

　だとしたらなぜ？

「怒ってません」

「……だったらいいけど」

　不機嫌そうにパタンと一度揺《ゆ》れた尻尾《しっぽ》を見て、やっぱり怒っているのではと思ったけど口には出さない。

「それで、あの二人がどうしたんです？」

「だから、どうしたってわけじゃなくて……耳がピンってしててかわいかったから、なんの動物かなと思っただけ」

小声でそう言うと、グレイブはほっとしたように笑った。

「あの二人なら犬です。兵士は二人一組で動くことが多いんですが、大抵《たいてい》は同じ種です」

「どうして？」

「発情期が同じ場合が多いので、休みを合わせやすいんです」

なるほどと頷いていているうちに、グレイブは入り口のドアを開け、塔の中に入っていた。ノアもすぐあとに続く。

塔の一階は玄関《げんかん》ホールと、そこから続く階段室になっていた。ホールの奥、左右に一つずつドアがあり、そちらには茶を淹《い》れたりするための簡易な厨房《ちゅうぼう》や、水場があるという。

階段室にはいくつかの絵画が飾《かざ》られ、人を待てるようになっているのかソファなども置かれていた。壁や上に続く螺旋《らせん》状の階段は、元は塔の外観もこの色だったのだろうと思われる白い石でできている。

窓からの日の光と、円柱形の大きなランプの明かりが白い建材に反射して、少し眩《まぶ》しいくらいだ。魔術師の塔というより、神に祈《いの》りを捧《ささ》げるための教会の一室のようでさえあった。

「塔は八階まであります。といっても、最上階は鐘《かね》が置かれているだけで広さもありませんから、実質七階ですね」

グレイブがノアの手を取る。

「行きましょう」

手を引かれて、階段を上り始める。

「別に落ちたりしないけど」

「でもノアは階段に慣れていないでしょう？」

それは確かにそうだ。万が一があっては困ると言われれば、従うしかない。少し前を行くグレイブの尻尾は機嫌良さそうに揺れている。それを見ると、ノアはすぐにまぁいいかと思ってしまうのだ。

二階につくと正面と左右に一つずつ、計三つの木製のドアがあった。グレイブは迷わず左側のドアに近付き、軽く叩《たた》く。

「ノルド、いるか？」

「あ？　あー……どうぞ」

中からは、どこかぼんやりとした男の声が返ってきた。グレイブがドアを開け中に入っていく。もちろん、手を繋《つな》がれたままのノアも自然とそれに続いた。

「……相変わらずだな」

どこか呆《あき》れたようにグレイブが言ったが、それもそうだろうというくらい、室内は散らかっていた。壁《かべ》には立派な書棚《しょだな》があり、そこにも本が詰《つ》まっているのに、それ以外のあらゆる所に本が積まれている。奥にカーテンの掛《か》かった窓があったが、開けようと思ったら本をどかさなければならなそうだ。

そして、その開きそうもない窓の前の机に、一人の人間がいた。獣人ではなく、ノアと同じ人族だ。金と茶の間のような髪はボサボサで、ピンク色の瞳《ひとみ》をしていた。間違《まちが》いなく力の強い魔術師だろう。歳《とし》はノアと同じか少し上くらいに見える。

「殿下《でんか》、無事に戻《もど》られたと聞いてほっとしてますよ。何やら不具合が起こったとか」

「ああ、その話はあとだ。今は、彼を紹介《しょうかい》させてくれ」

グレイブはノアに話すのとはまるで違う口調でそう言うと、ノアの手を軽く引いて隣《となり》に並ばせる。

「こちらは治癒魔術師《ちゆまじゅつし》のノアだ。ノア、彼が時魔術師のノルドです」

「治癒魔術だって!?　また随分《ずいぶん》貴重な人材を連れてきたもんですね」

ノルドはガタリと椅子《いす》を蹴飛《けと》ばすように立ち上がり、本を避《よ》けながらノアに近付いてくる。

「魔術師が来るとは聞いていましたが……ふむ、赤紫《あかむらさき》……魔力も強いでしょう」

好奇心《こうきしん》をたっぷりまぶした声に、悪気は感じられなかった。けれど、ノルドが顔をのぞき込んだ次の瞬間《しゅんかん》、ノアはぐいと手を引かれてグレイブの腕《うで》の中に抱《だ》き込まれていた。

「おや」

「距離《きょり》が近い」

威嚇《いかく》するように言ったグレイブに、ノルドは目を丸くして、二拍《はく》ほど空けて笑い出した。

「……殿下もそういうお年ですか」

にやにやと笑いの余韻《よいん》を唇《くちびる》に残したまま、ノルドが言うと、グレイブはあっさりと頷《うなず》いてしまう。

「そうだ。だから、仕事以外でノアに近付くことは許さんぞ」

ノルドはもう一度目を見開くと、苦笑《くしょう》する。

その間、ノアのほうはどうしていいか分からず黙《だま》ったままだった。ノアはあまり人と触《ふ》れあってこなかったため、こういうときにどこで会話に交ざっていいか分からないのだ。

「まぁ、とりあえず同僚《どうりょう》としてよろしくね。二階はまるっと使っちゃってるから、三階の右手側か四階辺りを使ってくれると助かる。三階の左と真ん中は僕の部屋ってわけじゃないけど書庫になってるよ」

そう声をかけられて、ようやく頷いた。

「俺が決めていいんですか？」

「いいんじゃないかなぁ。どうなんです殿下」

「もちろん、ノアが使いたい部屋で構わないですよ。よければこれから見て回りましょう」

にこにこと微笑《ほほえ》まれて、ノアは少し戸惑《とまど》う。

「仕事の内容について、ノルドさんに聞いたりするのかと思っていたんだけど、そういうのはいいの？」

「ノルドとは一緒《いっしょ》の場所で働くというだけで、仕事自体は別ですから、仕事内容については部屋を決めてから俺が説明します」

そう言われてちらりとノルドを見ると、ノルドはただ微笑むだけだった。確かに、祖父とも協力して何かをするということはなかったし、魔術師の仕事というのはそういうものなのだろう。ノアはこくりと頷いた。

「まぁ、でも僕も同僚なんて久々だし、相談したいことがあったら気軽に訪ねてくれていいよ」

「ありがとうございます」

ノアが礼を言うと、ノルドはひらひらと手を振《ふ》る。

「では上階を見に行きましょう」

グレイブに促《うなが》されて、共に部屋を出た。入り口付近まで積まれた本を見て、ドアが外開きでよかったな、と思いつつ……。

「とりあえず三階から覗《のぞ》きましょうか。一部屋しか空いていないのは気になりますが、ノアは本が好きだから、書庫の隣というのは都合がいいかもしれませんし」

「うん、そうだね」

言われてみればその通りだった。ノアは、子どもの姿だったグレイブに本を読んであげることもあったので、グレイブはノアが本好きだと知っている。

「先に書庫を覗いてみてもいい？」

「もちろん」

階段を上り、まずは目の前のドアを開く。

「わ……」

そこには、書庫という名の通り、書棚がずらりと並んでいた。先ほどの部屋の倍ほどの広さだろう。壁は全て書棚で塞《ふさ》がれている。窓はなく、代わりに魔術石の入ったランプがいくつもあって、全《すべ》てのランプが入り口の魔術石で制御《せいぎょ》できる仕組みだった。点《つ》けてみると暗かった部屋の中が、本を読める程度に明るくなる。

「すごい本の量だな」

ノルドの部屋もすごかったが、こうしてきっちり棚《たな》に収められているのは壮観《そうかん》である。ところどころ棚に空きがあるが、ノルドが持ち出しているのかもしれない。

本は貴重で、高価なものだ。その上家の広さのこともあって、ノアは今まで、買った本の中でも特に気に入ったものを手元に残し、あとは買い取ってもらっていた。だから、一度にこんなにたくさんの本を見たことはなかったのである。

「ここにあるものは好きに読んでください。もちろん、部屋に持ち帰ってもいいですよ」

「いいのか？　うれしい」

にっこりと微笑んだノアに、グレイブの頬《ほお》がわずかに染まる。尻尾《しっぽ》が喜ぶようにパタパタと揺《ゆ》れる。

そのまま隣の書庫も覗いてから、今度は、空いているという右側の部屋へと向かう。

二カ所に窓のあるその部屋は、ノアが目を覚ました寝室《しんしつ》の半分ほど、言ってみればノアの家と同じくらいの大きさだった。小さめの暖炉《だんろ》が一つあり、真ん中に作業に使えそうなテーブルと椅子、左奥に机、左手前にソファセットが置かれている。窓のない壁際《かべぎわ》には下半分に戸のついた書棚が二つあったが、ぱっと見た感じは空のようだった。

少し変わっていたのは部屋の右半分である。片隅《かたすみ》に石造りの変わった形の台座のようなものがあり、近くには空の植木鉢《うえきばち》が重ねて置かれていた。ここで植物を育てていたのだろうか。

しかしあの台座は……。

「あれ、なんだろう？」

「流し台のようですね」

「流し台……」

言われて近付いてみると、確かに台座の上面は深い窪《くぼ》みとなっていて、中心部に穴が開いている。ここから排水《はいすい》するのだろう。だが、台座の奥側には一部分だけ高くなっている場所があり、ノアの家にあったものとは随分形が違う。

「ここに魔石を置く窪みがありますね。おそらく前にこの部屋を使っていた魔術師はここに水の魔術石を嵌《は》めていたんでしょう」

水の魔術石、という言葉にノアは祖父の形見となってしまった魔術石のことを思い出す。

「じいさんの魔術石も使えるか試《ため》してみていい？」

「もちろん」

グレイブが頷いてくれたので、ノアは胸元《むなもと》から革袋《かわぶくろ》を引っ張り出し、中の魔術石の一つを取り出す。

水色にきらきらときらめくそれは、親指の爪《つめ》ほどの大きさをしている。窪みは一回り大きかったけれどぴったりでなくとも問題はないだろうか。

ノアが魔術石を置いて、発動のためにほんの少し魔力を流す。すると……。

「あ……」

上の長く伸《の》びていた場所から、ちょろちょろと水が流れ始める。

「なるほど、こういう作りだったのか」

これはとても便利な気がした。

水勢が弱いのは、魔術石の特殊《とくしゅ》な機構によるものだろう。祖父の作った魔術石は、通常の、何もない場所に水を湧《わ》かせるものではなく、一定範囲《はんい》の水分を引き寄せてきれいな水に変えるものだ。さすがに祖父が水魔術を得意としていても、何もない場所に長期間水を生むことなどできはしない。

家の裏手に設置して泉にしていたのは、もともとそこに湧き水があったからだ。森が水の豊かな場所だったからこそ、それを引き寄せてこんこんと湧き続けていたのである。

なので、こんな塔《とう》の中にぽんと置かれても大した量の水は望めない。だが、室内に水場があるというのは便利だ。水量はお茶を淹《い》れる程度ならばこの量でも十分だろう。

「気に入りましたか？」

「ここ、俺が一人で使っていいの？」

もちろん、とグレイブは頷く。

「ここが気に入ったのなら、カーテンと絨毯《じゅうたん》は好みのものを取り寄せます」

言われてみれば、床《ゆか》には絨毯がなく、窓に掛《か》かっているカーテンは随分日に焼けていた。

「ありがとう」

「一応四階も見てみますか？　四階は真ん中の部屋も空いているでしょうから」

グレイブの言葉に、ノアは少しだけ迷う。

二階三階共に、部屋の大きさは同じで、正面の部屋が、左右の部屋の倍ほどの大きさという造りのようだった。おそらく四階もそうなのだろう。

けれど、ノルドの部屋には流し台は見当たらなかったし、ここだけの設備である可能性もある。それに……。

「ここで十分だと思う。というか、ここでもちょっと持て余すくらい広いよ」

頭《かぶり》を振って、ノアはそう言った。実際この半分でも、ノアは問題なく生活できるだろう。これまで一緒に暮らしてきたグレイブにも、それは分かっていたのだろう。

「そうですか。分かりました」

ノアがそれでいいなら、とすぐに頷《うなず》いてくれる。

そのあとは、少しだけ仕事の説明を受けることになった。グレイブが下の階から茶を運んできてくれて、ソファに隣《とな》り合って座る。

「こっちに座るの？」

二人掛《が》けとはいえノアの家のようにソファが一つしかないわけではなく、向かい合わせに二つ置かれているのだから、そちらに座ればいいと思うのだが。

「だめですか？」

「……だめではない、かな」

いつも隣り合って座っていたので違和感《いわかん》はなかった。ノアの言葉に、グレイブはどこか満足気だ。

「それではまず、ノアの今までの仕事についてですが……」

どういったものを、どれくらい買い取ってもらっていたのかと訊《き》かれたので、正直に答える。

ノアはずっとグレイブに魔術を使うことを伏《ふ》せてきたので、グレイブはノアがどのようなことをしていたのかまったく知らないのだ。

「毎月、魔術石《まじゅつせき》の火と治癒《ちゆ》を各十の計二十。符は二種を三十枚ずつですか」

「うん。寒い季節はそう。で、暖かくなってきたら火の魔術石が、大きいもの十個から小さいもの二十個に変わる。暖炉で使う必要がなくなるから、ランプ用のものを作ってた」

「なるほど。魔術石の元になる石のほうは商人が手配していたんですよね？」

「うん。符に使う紙もね」

ここでもする仕事は同じなのだろうかと、ノアは内心首をかしげる。グレイブはしばらく何かを考えるように沈黙《ちんもく》していた。

だが、やがて覚悟《かくご》を決めたようにノアの目を見つめた。

「ノア。隠《かく》しておきたいならそれで構いませんが……ノアの治癒魔術について、訊きたいことがあるんです」

その言葉に、ノアの心臓がドキリと音を立てる。グレイブが何を言うつもりなのか、ノアには予想がついたからだ。

「俺が、ノアに拾われたときのことですが……俺は瀕死《ひんし》の重傷だったはずです。そして、ノアは、俺を拾ったのは商人が来た日だったと言った。手元には、治癒魔術の魔術石は残っていなかったのではないですか？　――ノアが治癒魔術で癒《い》やしてくれたんですよね？」

「……」

ごまかしても無駄《むだ》だろうと分かっていながら、ノアは黙《だま》って俯《うつむ》いてしまう。

頭の中にあるのは、祖父の『強い力を持つことは秘密にするように』という言葉だ。知られれば利用される、攫《さら》われるかもしれないとも言われた。

実際、ノアの母は……。

「ノア」

グレイブがそっとノアの背中に手を当てる。そのままゆっくりと、やさしく背を撫《な》でられて、自分の体がひどく強《こわ》ばっていたことに気付いた。

「隠しておきたいのならそれでいいと言ったでしょう？　俺は、ノアがそうしたいのなら、俺に言わなくてもいいんです。言ってくれたとしても、もし俺以外には秘密だというなら……兄にだって秘密にするし、必ずノアを守ります」

「レイ……」

やさしい声に、ノアはゆっくりと顔を上げてグレイブを見つめる。グレイブはノアと目を合わせるとそっと微笑《ほほえ》んでくれた。

その目にほっとして、体の強ばりが解《ほぐ》れていく。

「――……聞いて、くれる？」

グレイブは、何をとは訊かなかった。ただ、ゆっくりと頷く。それを見て、ノアはグレイブからそっと視線をずらし、自分の手元を見つめる。もちろん、そこに何があるわけでもない。

どこから話すべきか悩《なや》んでいるのだ。

そして、結局は最初から話そうと決めた。グレイブならば、きっと長くなっても聞いてくれるだろう。

「俺が、じいさんと二人で暮らしてたのは知ってるだろ？」

「はい、聞きました」

ノアの言葉に、グレイブが頷く。

「それは、俺の父親が、義理の父だったじいさんに俺を預けたからなんだ」

父は普通《ふつう》の人間だった。また、母は魔術師ではあったものの、その力は弱く、ほとんど普通の人間と変わらないほどだったという。目の色も、魔術師だと疑われるほどではなかった。

だが、二人の間に生まれたノアは違《ちが》った。優《すぐ》れた水魔術師だった祖父よりも、更《さら》に赤に近い瞳《ひとみ》を持っていたのだ。

「もちろん、生まれた時点では、俺が使える魔術が治癒魔術だってことは分からなかった。けれど、街で普通に育てることはできないとは、すぐに思ったみたい。それで最初は隠されて育ったんだ」

父親は馬具を作る職人をしていて、母は家で刺繍《ししゅう》などをして家計を支えていた。母が使える魔術はごく弱い火の魔術で、商売になるほどのものではなかったからだ。

だが、ノアが三つになる頃《ころ》、ノアの使える魔術が火と治癒であることが分かった。

「あるとき父さんが仕事場で怪我《けが》をして帰ったんだ。少し広範囲《こうはんい》の火傷《やけど》だったらしいんだけど、それを俺が、治してしまったらしくて」

「……驚《おどろ》いたでしょうね」

ノアは苦笑《くしょう》して頷く。ノアにはそのときの記憶《きおく》はないが、祖父に聞かずとも想像に難《かた》くない。

そして、父はともかく、母はそれがすぐにとんでもないことだと気がついた。

「魔術のこと、レイはどれくらい知ってる？　媒介《ばいかい》の必要な理由とかは……」

「ええ、知っています」

ほとんどの魔術は媒介を必要とする。魔術石はそこに魔術をため込むことで、符は弱い力でも顕現《けんげん》する特殊《とくしゅ》な式で、魔術が発動するようになっている。

通常魔術が力を十まで溜《た》めなければ発現しないと仮定して……。一度に一しか魔術を発動することができない魔術師でも、時間を掛けて魔術石に十溜め込むことで魔術を発動できる。それが魔術石の仕組みだ。

逆に符のほうは本来なら発動しないほど弱い力を、瞬間《しゅんかん》的にほんの少しだけ発動させる。

だが、力の強い魔術師は、最初から十以上の力を持っている。石も符もなしに魔術を発動できるのだ。ノアが火の魔術を発動できず、治癒魔術は簡単に発動できるのはそういう理屈《りくつ》だった。

「母さんはすぐに、離《はな》れて暮らしていたじいさんに相談したんだ」

祖父はその頃まだ、森ではなく街の外れに暮らしていたらしい。だが、ノアのことを知ってすぐに森に引っ越《こ》すことを決め、密《ひそ》かに家を建てることにした。

家ができ次第《しだい》、ノアと二人で森に移り住む計画だ。両親は淋《さび》しがったけれど、ノアの安全には代えられないということだった。

ところが……。

「両親は細心の注意を払《はら》っていたはずだけど、どこかから俺が治癒魔術を持つ子どもだってことが漏《も》れた。それで、俺が誘拐《ゆうかい》されそうになって……母さんは俺を庇《かば》って殺されたんだって」

父親もまた大怪我《おおけが》を負い、祖父の下《もと》にたどり着いたものの、ノアを託《たく》してそのまま亡《な》くなったらしい。母は即死《そくし》で助からず、ノアはせめてと必死に父を治そうとしたが、子どもだったノアにはまだそこまでの力がなかったのだろう。

あまりに小さい頃だったからか、それともショックのためかは分からないが、ノアには両親の記憶がほとんどないので分からないことも多い。この話も全《すべ》て、祖父から聞かされたことだ。

「それで、じいさんはますます俺を外に出すことは危険だと思ったみたい。強い力を持つことは秘密にするようにってずっと言われてた」

そこまで話して、ノアは大きく息を吐《は》いた。不思議と、不安よりもすっきりした気分のほうが大きい。

「話してくれて、ありがとうございました」

背中を撫でていた手が、肩《かた》を抱《だ》き寄せるように動き、ノアはぽすりとグレイブに寄りかかる。

そして、ゆるゆると頭《かぶり》を振《ふ》った。

「ノアは、どうしたいですか？　俺は、ノアが黙っておきたいならもちろん黙っておきます」

「……できれば、秘密にしておきたい、かな」

グレイブのことは信用しているけれど、他《ほか》の人に知られるのはまだ怖《こわ》い。

「分かりました。そうしましょう。俺が助かったのは、ノアが治癒魔術石をたくさん作り置きしておいて、それを全部使ってくれたからだということにしますから、ノアも訊かれたらそう答えてください」

あっさりとそう言ったグレイブにノアは少しだけ驚いて、くすりと笑う。こんなにすらすら言い訳が出てくるなんて、グレイブはきっと前から考えてくれていたのだろう。

「うん。ありがとう」

ノアがそう言ってグレイブを見上げると、グレイブはとてもうれしそうに笑った。

「っ……」

その笑顔《えがお》がなぜだかとても眩《まぶ》しく感じて、ノアは目を逸《そ》らしてしまう。

心臓がドキドキと忙《せわ》しなく鼓動《こどう》を刻んでいるのを、不思議に思う。

けれど、逸らした視界の端《はし》に、いつものようにうれしそうに揺《ゆ》れる尻尾《しっぽ》が映って、ノアはほっと息を吐き出した。

◆

ノアの、王宮付き魔術師《まじゅつし》としての仕事が始まった。

森での生活が身に染《し》みているノアは、朝食の時間よりずっと早く目が覚める。だから、起きたらすぐ支度《したく》を調《ととの》えて軽く離宮《りきゅう》の庭園を散歩する。それからグレイブと一緒《いっしょ》に朝食を摂《と》り、グレイブに送られて仕事場の塔《とう》へと向かう。

塔の前で一旦《いったん》グレイブとは別れて仕事部屋に行き、植木鉢《うえきばち》で育て始めた薬草に水をやったあと、用意された魔術石に魔術を込める仕事をする。

昼食は一人で摂ることが多いが、何も言わなくても決められた時間になると、一階の厨房《ちゅうぼう》から運んで来てくれる。そうして夕方までを過ごし、グレイブが迎《むか》えに来ると一緒に離宮まで戻《もど》って共に夕食を摂る。そして、そのあともお休みの挨拶《あいさつ》をするまでのんびりと過ごす。この半月ほどで、すっかりそんな生活が定着しつつあった。

ここでの暮らしは快適で、労働もきつくはない。

暖炉《だんろ》も水もあるので、自分でお茶を淹《い》れられるのもありがたい。もちろん、お茶は頼《たの》めば一階からすぐに運んでくれるのだけど、わざわざ声をかけてまで何かをしてもらうというのは緊《きん》張《ちょう》してしまうのだ。

ちなみに、ノアに課せられた仕事は、毎月、魔術石を火と治癒《ちゆ》各十五の計三十を納めることだ。符ではなくすべて石で欲しいと言われてそうなったのだけれど、仕事量的には今までとほとんど変わっていなかった。そして、規定の量を納められるのであれば、あとは自由に過ごして構わないと言われている。

ただし、魔術に関《かか》わることをする際は、塔の中でするようにとは言われていた。塔には、建設当時に張った魔術的な結界が今も健在で、何か事故があった際にも安全だからということらしい。もちろん、ノアに否《いな》やはなかった。

仕事の量は同じでも日々の家事などがなくなった分、時間は有り余るほどあり、その分を読書と実験に回している。複雑な魔術を発動できる符や石についての本も多く、それを読んでは自分でも書いてみたり作ってみたりしているのだ。

「今日は何を読んでいるんです？」

塔の仕事部屋のソファで本を読んでいたノアは、グレイブの声に驚いて肩を揺らした。いつの間に来たのだろう。気付かないほど集中していたようだ。

グレイブは、時間があればノアの下にやってくる。もちろん、グレイブであれば、いつ入ってきても構わないのだけれど。

「うーん？　これ」

表紙を見せると、グレイブは少しうれしそうな顔になる。

「この国の歴史に興味を持ってくれたんですか？」

「ルクセンでは、この国のことは何も伝わってこなかったから……少し知りたいと思って」

実際には、伝わっていないというより、流言蜚語《りゅうげんひご》ばかりだというほうが正確だけれど。

「うれしいです。何か疑問があったら、いつでも訊《き》いてくださいね」

そう言いながらソファに座ったグレイブは、ごく当たり前のようにノアを膝《ひざ》に乗せる。

最初は抗議《こうぎ》していたノアだったが、読書の邪魔《じゃま》はしないけど構って欲しいのだと言われ、更《さら》に、本当は子どもの姿のときのようにノアの膝に乗りたいけれど、今はグレイブがノアの膝に乗ったらノアの足が潰《つぶ》されてしまうから仕方がないのだと言われて丸め込まれてしまった。基本的にノアは、グレイブに甘えられると弱い。

腹の前に腕《うで》を回されて、そのまま読書を続ける。

グレイブはノアの読んでいるところを確認《かくにん》しながら、ときどき面白《おもしろ》い小話を挟《はさ》んだりしてくれるので、ノアはそのたびにクスクスと声を立てて笑った。

普通《ふつう》ならば鬱陶《うっとう》しいと感じるかもしれないが――――実際、ノルドに「あんなにまとわりつかれていやじゃないの？」と訊かれもしたが、知る者のいない土地に来たからか、正直グレイブの顔を見るとほっとする。

それにこれまでは狭《せま》い家の中で四六時中一緒にいたので、これでも離れたほうである。

「まだ仕事に戻らなくていいの？」

「もう少し……。必要になれば誰《だれ》か呼びに来ますから」

実際のところ、グレイブは兄である第一王子の戴冠式《たいかんしき》の準備が忙《いそが》しいらしく、ノルドが言うほど一緒にいるわけではない。

「やっぱり俺の仕事部屋も塔に移したいな……」

ノアに言うわけでなく、独り言のように零《こぼ》れた言葉に苦笑《くしょう》する。

「だめだって、言われたんだろ？」

「そうなんですよね……」

グレイブは大きくため息を吐く。塔は王族本来の執務《しつむ》室から離れているというだけでなく、魔術師以外は王族と、下の階で働く召《め》し使いたち以外立ち入ることができないという慣例がある。

そんな場所に籠《こ》もられては、執務が滞《とどこお》るから許可できないと言われたらしい。

「本当はもっとノアと一緒にいたいんですけど……ノルドばかりずるいです」

「ノルドとだって、そんなに会ってるわけじゃないんだけど」

「本当に？」

グレイブの言葉にノアは苦笑しつつ頷《うなず》く。

ノルドとの関係は、良好だとは思う。それでも、グレイブがここに訪《おとず》れる回数に比べればそう多くはなかった。三日に一度といった程度。

ノルドはノアの淹れるお茶がどうにも気に入ったらしく、ときどきノアの部屋にやってきて、お茶を飲んでいくのだ。グレイブがくれば追い出されるのだが、それを面白がっている節もある。

「それでも、ノアと同じところで仕事ができるのは羨《うらや》ましいです」

そう言いながら、グレイブが甘えるようにノアの頰《ほお》に頰をすり寄せたとき、ノックの音がした。

「――――どうやら時間のようです」

グレイブは心の底から残念そうにため息を吐き、ノアを膝から下ろして立ち上がる。

「ああ、そうだ」

「どうした？」

ドアへと向かっていたグレイブが、不意に何かを思い出したように足を止めて振り返る。

「ノアに、これをプレゼントしようと思っていたんでした」

「プレゼント？」

差し出されたのは、銀色のペンダントだった。コロンとした丸いペンダントトップの表面には、蔦《つた》のような模様が彫《ほ》り込まれており、中心には小さいけれど美しい赤紫《あかむらさき》の石が嵌《は》まっている。

「これはロケットといって、ここが開いて……中にものが入れられるようになっているんです」

言いながらグレイブがほんの少し力を込めると、言葉通り横から二つに割れるように開く。中は布が張ってあった。

「革紐《かわひも》が少し古くなっているようだったので」

そう言いながら首筋に軽く触《ふ》れられて、ハッとする。そこには、通行証と形見の魔術石を収めた革袋《かわぶくろ》を下げるための革紐がかかっていた。

確かにこの大きさならば、魔術石を二つ入れることができるだろう。

「でも……」

粗末《そまつ》な革袋とはまったく違《ちが》う、宝石のついた繊細《せんさい》な細工の施《ほどこ》されたペンダントだ。自分が受け取っていいのだろうかと思ってしまう。ただでさえ、グレイブには世話になっているのに……。

「ノアの目と同じ色だと思って、つい買ってしまったんです。それに……」

グレイブは言葉を切ると、ペンダントトップをころりと裏返した。

「あ、狼《おおかみ》……」

「こちらはあとから入れてもらったんです」

そこには、狼の横顔が彫られており、目の部分には灰色の石が嵌められている。極《ご》く小さいがほのかな魔術の気配がした。どうやらこれも魔術石らしい。見たことのない色だけれどなんの魔術だろうと思っていると、グレイブに手を取られた。その手にペンダントが載《の》せられる。

「ノアはいつもその石を身につけているでしょう？　だから、これに入れてくれたら、俺もいつでもノアのそばにいられるみたいでうれしいと思って」

じっと見つめられて、ノアはなぜか頬がじわりと熱を持つのを感じた。

それに、そんなふうに言われたら、受け取れないとは言えなくなってしまう。

「……ありがとう。大切にする」

途端《とたん》にグレイブは、ぱっとうれしそうに笑う。その笑顔《えがお》にますます頬に熱が集まる気がして、ノアはペンダントを見つめる振《ふ》りをして俯《うつむ》いた。

なぜだか、最近グレイブの笑顔を見ると胸がドキドキしてしまうのだ。どうしてか分からなくて、困っているのだけれど、常にというわけではないから放置していた。

そのとき、もう一度、急《せ》かすようにノックの音がした。

「受け取ってくれてよかった。じゃあ、俺は行きますね」

グレイブの言葉にほっとする。

「……仕事がんばって」

「はい。ノアはあまり無理しないでくださいね」

ノアが頷くと、グレイブは部屋を出て行った。

いつもここを出ていくときは、しょんぼりと尻尾《しっぽ》を垂らしているのに、今日はうれしそうに振られている。ノアがペンダントを受け取ったことがそんなにうれしかったのだろうか。少し不思議な気持ちになる。

ノアは片手に持ったままだった本をテーブルに置き、ペンダントの狼をまじまじと見つめた。とてもかっこいい狼だけれど、グレイブだと思うとなんだかかわいらしくも思える。

一旦《いったん》ペンダントを本の上に置き、それから、首に掛かっていた革紐を頭から抜《ぬ》いて、革袋から魔術石を取り出す。

ぽたりとテーブルに垂らした水滴《すいてき》のような、きれいな円形の石だ。もう使い道のない通行証の魔術石も、氷室用の魔術石も美しい水色をしている。

魔術師にしか見えない、微細《びさい》な模様が石の中に沈《しず》んでいる特殊《とくしゅ》な魔術石。いわば魔術石と符の混合である。水の魔術石でありながら、ただ水が湧《わ》き出るのとは違う効果が出るのは、この模様のためだ。祖父はこういった細工が得意だった。

自分もいつか、祖父のような魔術師になれるだろうか。

祖父は、ノアが強い力を持つことを隠《かく》すことに腐心《ふしん》していたから、ここに来るまではやってみようと思ったことはなかったけれど。

ノアは二つの魔術石をロケットの中に収め、ペンダントを首に掛《か》けた。

ひんやりとしたそれが、肌《はだ》に馴染《なじ》んでいくのを感じながら、ノアはそっと目を閉じる。

ここでの生活は思ったよりもずっと順調だ。

順調すぎて怖《こわ》いくらいに……。もちろん、全《すべ》てグレイブのおかげだということは分かっている。グレイブが心も時間も割《さ》いてくれているからこそ、順調に、平和に暮らせているのだ。

住み慣れた家が焼けたことは未《いま》だに時折胸を突《つ》くけれど、それでもグレイブが一緒《いっしょ》にいてくれることを幸いに思う。

まさか、あの家を出てもまた、こんなに平和に暮らしていけるなんて、思ったこともなかった。祖父が生きていれば、自分は大丈夫《だいじょうぶ》だと伝えて安心させてあげたかったと思う。

きっと、祖父は最後まで自分のことを心配していたと思うから……。

「じいさん、俺は大丈夫だよ」

胸元《むなもと》のロケットをそっと握《にぎ》りしめ、ノアは小さく呟《つぶや》いた。

◆

――翌日は朝からいつもと違った。

「どうぞ」

ノックの音にそう声をかけると、入ってきたのはメイド服を着た獣人《じゅうじん》の女性だった。

てっきりいつものようにグレイブだと思っていたノアは、驚《おどろ》いて目を瞠《みは》る。

「朝食は、こちらにお持ちするように申しつかっております。どちらに用意いたしますか？」

「あ、ええと、ではこちらに」

戸惑《とまど》いながらも、いつも食事をするテーブルを指すと、女性は頷いて一人分の朝食を並べた。

「こちらは、殿下《でんか》からです」

「あ、はい。ありがとうございます」

差し出された銀色のトレイには、手紙が一通載せられている。ノアがそれを手に取ると、女性は一礼して出て行った。

食事よりも手紙の内容のほうが気にかかり、ノアは椅子《いす》に座るよりも前に封筒《ふうとう》から便箋《びんせん》を取り出す。焦《あせ》って書かれたのか、並んでいる文字はところどころ乱れていたが、内容からしても急いで書かれたもののようだ。

突然《とつぜん》こちらに来る時間がなくなってしまったことの謝罪と、数日間はこの状態が続くこと。朝食は部屋に、夕食は食堂にいつも通り用意されること。また顔を出せるようになったらすぐに来てくれるということ。体に気をつけて、何かあったらメイドに言ってもいいし、言いづらければノルドに相談すること……。

どうして来られないのかとか、何があったのかなどは一切《いっさい》書かれていなかったことが、少しだけ気になった。けれど、忙《いそが》しいという話は聞いていたし、グレイブはノアが治癒魔術《ちゆまじゅつ》を使うことを知っている。

体調不良などだったらむしろ、頼《たよ》ってくれたと思いたい。

グレイブが来られないと思うと途端に部屋がいつもより広くなったような気がして、ノアは小さく身を震《ふる》わせた。

「……数日か」

けれど、すぐに思い直す。

もともとは、こんなにグレイブに頼り切って暮らすつもりではなかったのだ。数日不在にするくらいで、淋《さび》しいと思うほうがおかしい。

グレイブが無理していないといいなとは思うけれど……。

ノアは手紙を畳《たた》んで封筒にしまうと、胸元のロケットにそっと触れる。

――これに入れてくれたら、俺もいつでもノアのそばにいられるみたいでうれしいと思って。

昨日のグレイブの言葉を思い出す。ひょっとして、グレイブはしばらく会えなくなることが分かっていたのだろうか。手紙の文字が焦っているように見えたのは、その時期が予定よりも早まったからだったのかもしれない。

そんなことを思いつつ、手紙を棚《たな》の引き出しにしまうと椅子に座り、朝食を食べ始めた。

「あれ？　なんでここにいるの？」

そう、ノルドに言われたのは、グレイブが顔を出さなくなって二日目のことだった。書庫で本を選んでいたら、突然そう声をかけられたのである。

「なんでって……」

言葉の意味が分からず、ノアは困惑《こんわく》する。だが、ぽかんと口を開けたノルドの表情からは、まったく悪意を感じない。ただ単に驚いているように見える。

「本を選びに来たとしか、言い様がないんですけど」

「いや、だって、え？　そんな余裕《よゆう》あるか……？」

最後は独り言のようになっていたが、ノルドはとにかくノアがここにいることが意外だったようだ。

「別に、仕事は切羽詰《せっぱつ》まっていないので、本を選ぶ時間はいくらでも――」

「いや、そうじゃなくてさ」

仕事内容について話したこともあった気がしたけれど、と思いつつ口にしたノアの言葉を、ノルドは遮《さえぎ》った。

「殿下の発情期なのに、こんな所にいていいの？」

「え？」

怪訝《けげん》そうな顔をされて、ノアの思考が停止する。

――殿下の発情期なのに、こんな所にいていいの？

殿下の、発情期……？

「ノア？」

「……え、ええと……殿下っていうのは、つまり」

「グレイブ殿下に決まってるでしょ」

軽く眉《まゆ》を顰《ひそ》められて、呆然《ぼうぜん》となる。

グレイブの発情期。そう言われて初めて、ノアは月齢《げつれい》を意識した。正直、最近は夜に外に出ることもないから、月がどうだったかなどは覚えていない。

ただ、考えてみればグレイブが大人の姿に戻《もど》ったあの夜から、ちょうど一月ほどが経過しているのは確かだった。

ならば当然、月だって……。

「満月だったのか……」

昨日からグレイブが自分の前に姿を現さなくなったのは、発情期のせいなのだとようやく気がついた。

「なんだ、知らなかったのか。殿下に言われなかったの？」

首をかしげられても、頷《うなず》くほかない。

「数日間、顔を出せないからという手紙をもらって……」

しどろもどろになりつつそう言うと、ノルドは左手で額の辺りを押さえた。どうやら何か苦《く》悩《のう》しているらしい。

「ノルドさん？」

「ううううう――ん……」

うなり声を上げ、それから盛大なため息を吐《つ》く。

「てっきりもうできあがっているとばかり思っていたんだけど、違《ちが》ったのか」

「できあがって……？　何がですか？」

ノアはぱちりと瞬《しばた》く。

「あんたと殿下に決まってる。番《つがい》なんじゃなかったのか？」

「えっ、ええ？　違いますよ！」

『できあがっている』と『番』の繋《つな》がりがよく分からなかったが、関係性の話だろうか。だが、とりあえず番などというものではない。

「うん？　よく分かんないな……。とにかく、殿下が発情期なのは間違いないよ。狼《おおかみ》だからね」

「それは、知ってます、けど」

ノアが頷くと、すぐに疑うような視線が飛んでくる。

「なら、一度番を得た……性交渉《せいこうしょう》をしたことのある獣人は、その後の発情期に性交渉が持てない場合、発情期の間中性欲を持て余して苦しむってことも知ってるんだ？」

「そうなんですか……？」

それは聞いていなかった。ノアの答えに、ノルドがもう一度ため息を吐く。そして、ぐしゃりと金茶の前髪《まえがみ》を摑《つか》む。

「僕は人族だから詳《くわ》しくはないけど」

そう前置きをして、ノルドが教えてくれたことによると、狼の発情期は個人差や番の有無《うむ》によるが、大抵《たいてい》満月を挟《はさ》んで三日前後。発情は、番と抱《だ》き合うことができればすぐに収まるので、通常はそれほど問題がないものなのだという。

だがそうできない場合、発情期が通り過ぎるまでは、食べることも眠《ねむ》ることもできずに苦しむらしい。

「殿下《でんか》がノアに会いに来ないってことは、発情期が通り過ぎるまで部屋にでもこもってやり過ごす気でいるんだろ」

「そんな……」

ぎゅっと喉《のど》の奥が狭《せば》まったような、そんな息苦しさを感じて、ノアは手のひらを握《にぎ》りしめる。

「俺、どうすれば……」

「――抱かれてやることができないってんなら、放《ほう》っとくしかないよ。殿下だって耐《た》える覚悟《かくご》があるから、ノアに何も言わなかったんだろうし」

ノルドはそう言って苦笑《くしょう》する。

「僕も人族だから、ノアが獣人《じゅうじん》の発情期に戸惑《とまど》うのも分かんなくはないし……。まぁ好きにすればいいと思うよ」

暗に、責める気はないと言ってくれているのだろう。けれど、ノアはその言葉に安堵《あんど》することはできなかった。

頭の中では前回の満月のとき、子どもの姿だったグレイブがひどく苦しんでいた様子がぐるぐると回っていた。

昨日から姿を見ていないということは、少なくとももう一昼夜はあの状態なのではないだろうか？

性交渉をすれば楽になると分かっているのに、グレイブが閉じこもったままでいるのだとしたら、それは間違いなく自分のせいだ。

ノアに対して責任を取ると言った手前、他《ほか》の相手を抱くことはできないと思っているのだろう。あくまで想像だけれど、グレイブはそういうことができる類《たぐ》いの男ではないと思う。

そう思ったら……。

「俺、ちょっと……」

グレイブの所に行くとは口にできないまま、ノアは踵《きびす》を返して走り出した。


走って走って、途中《とちゅう》で力尽《ちからつ》きてよろよろしながらも、そのまま離宮《りきゅう》にたどり着いたノアは、まっすぐにグレイブの部屋へと向かう。

グレイブの部屋は、ノアに与《あた》えられている部屋の二つ隣《となり》だ。顔を出せないと伝えてきたグレイブが、まさかずっとそんな近くにいたなんて……。

ノックをするけれど、中から返事はない。

それでも、ノアは諦《あきら》めることなくドアを叩《たた》いた。最初は軽く、やがて手が痛くなるほど強く。

そして、やっぱりここにはいないのだろうかと、そう思ったときになってようやくドアが開いた。

「レイ……！」

名前を呼んだノアに、グレイブは熱で潤《うる》んだ目を向けた。その目が徐々《じょじょ》に見開かれる。

「どうして……いや、だめですノア、今は――」

「発情期なんだろ？」

ノアの言葉に、グレイブが驚《おどろ》いたような顔をする。その隙《すき》にノアはするりと室内へ入り込んだ。

「ノア、分かっているならなんで……」

そう言いながらもグレイブの視線は、舐《な》めるようにノアの体を滑《すべ》る。ぞくりと、ノアの背筋に悪寒《おかん》のようなものが走った。

けれど、怖《お》じ気づいて逃《に》げ出すようなことはしない。

室内は全《すべ》てのカーテンが閉められていた。おそらく寝室《しんしつ》に繋がるだろうドアが開いていたけれど、そちらも随分《ずいぶん》と薄暗《うすぐら》い様子だ。

そんなふうに室内の様子に気を取られていたら、不意に背後から抱きしめられた。

「どうして、来たんです？　せっかく、逃がしてあげたのに……」

「んっ」

ちゅっと、耳に口づけられて首を竦《すく》める。

「何をされるか、分かっているんですか……？」

ぐりっと腰《こし》の辺りに固いものを押しつけられて、頬《ほお》が燃えるように熱くなった。

「わ、分かってる……」

躊躇《ためら》いながらも頷くと、グレイブが小さく唸《うな》り声を上げる。抱きしめている腕《うで》が離《はな》れ、あっという間に抱き上げられていた。

グレイブは素早《すばや》く寝室に足を向け、迷うことなくノアをベッドに下ろす。そして、そのまのし掛《か》かってきた。

「もう、逃がしてあげられませんから……覚悟してくださいね」

「んんっ」

噛《か》みつくようにキスされて、ノアはぎゅっと目を瞑《つぶ》る。すぐに入り込んで来た舌が、口内をかき混ぜ、ノアの舌を搦《から》め捕《と》った。

その間にもグレイブの手はノアのシャツをズボンから引き出し、裾《すそ》から中へと潜《もぐ》り込んでいる。

「んっ、んぅ！」

きゅっと乳首《ちくび》を摘《つ》まれて、ノアの体が跳《は》ねた。一月振《ぶ》りだというのに、体はあのとき与えられた快感を記憶《きおく》しているらしい。

指でくにくにとこねられると、少しずつ腰の奥に快感が溜《た》まっていく気がした。

じわりと溜まっていく快感にノアが思わず腰を揺《ゆ》らす頃《ころ》になって、ようやく唇《くちびる》が離れる。

「本当は、舐めてほぐしてあげたい、ですが……」

「っ……は……」

荒《あら》い息をこぼすノアの足から、下着ごとズボンを引き抜《ぬ》くと、グレイブはそれをベッドの下に落とし、サイドテーブルのほうへと手を伸《の》ばす。そして、ノアの脚《あし》を曲げさせて、膝裏《ひざうら》を掬《すく》うようにして高く持ち上げた。

「今は早くあなたの中に入りたいから……」

「ひ、あぁっ」

何か冷たいものを足の間に流されて、ノアはびくりと足を揺らす。同時に何か、花のような甘い香《かお》りがした。香油《こうゆ》のようなものを掛けられたのだろう。

窄《すぼ》まりの表面を指で撫《な》でられて、濡《ぬ》れた感触《かんしょく》にぞわりと背筋が震《ふる》える。

乳首と同じように、ここで得た快感を体ははっきりと覚えているようだった。

ここにグレイブのものを入れられて、訳が分からなくなるくらい揺さぶられたことを……。

今日もきっとそうされる。

そう考えた途端《とたん》、そこがひくりと蠢《うごめ》いてしまう。

「ノアも、欲しいと思ってくれているんですね」

「そ、そんな……」

「うれしい……」

「んぅっ」

つぷりと、指が中に入り込んでくる。香油らしきもののおかげか、痛みはまるでなかった。ぬるぬると中を探《さぐ》るように動かされてもそれは変わらない。それどころか……。

「あ、ああ、んっ」

触《ふ》れられただけで快感を覚えてしまう場所を指で押されて、濡れた声が零《こぼ》れた。

「こんなにきゅうきゅう締《し》めつけて……中、気持ちいいですか？」

「んっ、や……あ、あ、あぁっ」

指を増やされて、まるでグレイブのものを入れられたときみたいに、前後に出し入れされる。指が動くたび、気持ちのいい場所を掠《かす》めていく。

「あ……や……っ広げないで……っ」

中に入れられた二本の指を左右に開かれて、中を見られているのだと羞恥《しゅうち》に身を捩《よじ》る。

だが、それと同時に早く中にグレイブのものを入れて、気持ちよくして欲しいと思ってしまった。

ここに来ると決めたときは、ただグレイブの苦しみを止めてあげたいと思っただけだったのに、今は自分から求めようとしている。

どうしてそんなふうになってしまうのかが分からず、ノアは混乱した。

けれど、やはり来るべきではなかったとは思わない。グレイブの声も視線も、熱を持った体も、全てがノアを求めている。

どれだけ苦しかったのだろうと思うと、恥《は》ずかしくても、グレイブに全てを捧《ささ》げたいと思う。それは、不思議な感覚で、同時に幸福でもある。

グレイブが欲しいというなら、それでいい。

これは同情だろうか？

そうかもしれない。違《ちが》うかもしれない。分からないけれど、後悔《こうかい》は少しもなかった。

「あ……っ」

指を抜かれて、熱いものが押し当てられる。

「ノア……力を抜いていてくださいね」

「ん……っ、あ、あっ、あぁっ」

ゆっくりと先端《せんたん》の太い部分が入り込んできたと思ったら、そのまま一気に深いところまで埋《う》められる。苦しいと思うのに、触れられないまま膨《ふく》らんだノアのものからは、とろとろと快感の証《あかし》が零れ落ちた。

「ノア、ノア……っ」

「あっあっあっ」

そのまま小刻みに中を擦《こす》られて、指が真っ白になるくらいきつくシーツを握《にぎ》りしめる。

深い場所まで突《つ》き入れられて、背中がぐっと反る。ぎゅうぎゅうと中を締めつけながら、絶頂に達した。

「あっ、あああ……っ」

まだ絶頂の余韻《よいん》に震える体から、グレイブのものが抜き出される。これで終わりだろうかと思った途端、うつ伏《ぶ》せにされ、腰を高く上げさせられた。

「っ……は…ぁっ」

まだ固いままのグレイブのものを、うしろから突き入れられて、膝が崩《くず》れそうになったが、腰を支えているグレイブがそれを許さない。

「ひ、あっ…あ…っ」

ゆさゆさと揺さぶられて、またすぐに快感の波がやってくる。

そうして、結局は何度も何度も抱《だ》き合って、やがてノアは糸が切れたように眠《ねむ》ってしまったのだった……。

「あ、ん……っ」

◆

「ノア、せめて顔だけでも見せてくれませんか？」

ドアの向こうから聞こえてくる声に、ノアはベッドの上で布団《ふとん》を被《かぶ》り、無言のまま固まっていた。

声は当然、グレイブのものだ。ノアの部屋に来るのはメイドたちでもあり得ることだったが、寝室《しんしつ》のドアを叩《たた》くのはグレイブ以外にはいない。

そのうち、諦《あきら》めたのか時間切れかは分からないが、また来ますと言い残して靴音《くつおと》が遠ざかった。

それでもしばらくノアは布団の中に籠《こ》もっていたが、やがてもぞもぞと這《は》い出して床《ゆか》に足をつける。

「……元気になったみたいでよかった」

ぽつりと呟《つぶや》いて、ノアは大きくため息を吐《つ》く。

グレイブに抱かれたのは、一昨日《おととい》から昨日の朝の出来事である。前回の経験から一度で終わりだと思っていたノアの認識《にんしき》は、甘かったと言わざるを得ない。何度も執拗《しつよう》に求められ、訳が分からなくなるほどの快感を与《あた》えられ、腹の中に注がれて……。

もしもノアが治癒魔術《ちゆまじゅつ》を使えなければ、今もベッドから起き上がれなかったのではないだろうか。それくらい激しかった。実際、自分よりよほど体力があるだろうグレイブも、何度目かにノアが目覚めたときにはぐっすりと眠り込んでおり、ノアは眠りながらも抱きしめてくる腕から這うように逃《のが》れて、ここまで戻《もど》ってきたのだ。

自分の体がすっかりきれいに清められていたことに気付いたのは、このベッドに潜《もぐ》ってからだった。グレイブの寝室にはバスルームがついていたから、そこで洗ってくれたのだろう。グレイブは発情期で大変だったというのに、また面倒《めんどう》を見られてしまったと少し凹《へこ》んだ。

――グレイブと顔を合わせるのがなんとなく気まずいのは、そのせいだろうか。

迷惑《めいわく》ばかり掛《か》けているという負い目……いや、やはりそれだけではない。

抱かれるのはやむを得ないことだったとは思っているし、グレイブに抱かれるのは二度目なのだから、問題ないとも思っていた。

でも、行為《こうい》が進むにつれて自分がひどく甘い声で強請《ねだ》ったことや、言われるままに足を開いたことなどが、正気に返った今となってはなんだかとても恥ずかしいのだ。

前はこんなではなかったのに……。

もちろん、グレイブが突然《とつぜん》大人になって驚《おどろ》いたというのもあるが、そうでなくとも命の危機でなかったことに安堵《あんど》しただけで、気まずいなんて思わなかったのに。

どうしてと思い悩《なや》み込みそうになって、ノアはハッと我《われ》に返る。

ここにいては、また時間を見つけてグレイブがやって来るに違いない。もちろんずっと避《さ》けられるとは思っていないけれど、もう少しだけ一人で心の整理がしたかった。

ノアはベッドを下りて手早く着替《きが》えると、そっとドアを開ける。居間のほうには人の姿はない。やはりグレイブは出て行ったようだ。

だが油断はできない。

ノアはそのまま今度は廊下《ろうか》へ繋《つな》がるドアを開ける。顔だけを出して廊下を窺《うかが》うが、人気《ひとけ》はなかった。

よし、と頷《うなず》いてノアは部屋を出ると、そのまま離宮《りきゅう》を出る。

とはいえ、どこへ行けばいいのだろう。ノアは、ここに来てからずっと離宮と塔《とう》を行ったり来たりしているだけで、他《ほか》に足を延ばしたことがない。

グレイブからは、魔術師のローブを羽織っていれば、大抵《たいてい》の場所は行けるし、だめな場所ならば止められるから気にせずに出歩いていいと言われていたが、必要性を感じていなかったのである。

もともとあの家と周辺だけで生きていたノアには、塔に行くまでの道のりだけでも十分遠出と言える距離《きょり》だ。どこかに足を延ばしたいなどと考えることはなかったし、人に会わずに済むならそのほうがよかった。

だが、ここで塔に向かったのでは、離宮にいるのと何も変わらない。自分が離宮にいなければ、グレイブは次に塔にやって来るに決まっているのだから。

しかし、グレイブが仕事をしているのは多分王宮内だろうから、そちらに行くのも得策ではない。離宮でも塔でも王宮でもない場所……。

悩みながら、ノアはいつも塔に向かう道を逸《そ》れ、行ったことのない庭園へと足を向けてみる。庭園も王宮の一部ではあるが、仕事をしているグレイブが来ることはないだろうと思ったのだ。それに建物の中よりは、人目を避けられる。

秋を迎《むか》えた庭園は美しかった。秋バラがそこかしこに咲《さ》き誇《ほこ》り、花壇《かだん》にはオレンジ色のかわいらしい花々が植えられている。風もどこか甘やかに感じられた。

こんな場所があったんだなと思いつつ、ノアは建物の中から見えにくく、人目につかなそうなベンチを選んで腰掛《こしか》ける。

ベンチは鉄製で、こんな場所にあるのに錆《さび》一つなく、汚《よご》れてもいない。毎日きれいにしている人がいるんだろうなと思って、感嘆《かんたん》のため息をこぼした。ありがたく、使わせてもらおう。

そんなことを思いつつ空を仰《あお》ぐ。青い空に白い雲がぽつんと浮《う》かんでいる。

風に煽《あお》られて少しずつ流れていく雲を見つめて、ノアはこれからどうすればいいのだろうと考える。

グレイブが一人で耐《た》えているのだと思ったら、体が勝手に動いてしまったけれど、発情期は毎月のようにやって来るのだ。

そのとき、自分はどうしたらいいのだろう。どうしたいのだろう。

こんなふうに気まずくなるようなことを、するべきではないのかもしれない。そもそも、責任を取る必要などない、結婚《けっこん》なんてとんでもないと言い続けているのは自分だ。

なのに、このまま発情期の相手をずるずる続けていくなんて、きっとおかしい。

でも一月後にまたグレイブが苦しんでいたとして、自分は知らない振《ふ》りなどできるだろうか。

「それができれば、こんなふうに悩んでなかったよな」

はぁと大きくため息を吐いて、両手で顔を覆《おお》う。

体だけの関係というのは不誠実なものであるとされることが多い、というような常識はかろうじてノアの中にもあった。もちろん、本で得た知識だが。

だからこそ、グレイブは責任を取ると言ったのだろうし……。

グレイブがどうしたいのかが大事な気がしたけれど、それを訊《き》いたらきっと結婚すると言うのだろうということは予想がつく。

そうさせたくなかったら、発情期だからといって身を任せるようなことはするべきではないのだろうけれど……。

ぐるぐると出口を見つけられずに同じ場所を巡《めぐ》る思考に、自分でも呆《あき》れる。

だが、不意に人の気配を感じて、ノアは慌《あわ》てて辺りを見回した。

誰《だれ》かが会話をしつつ、こちらに向かって歩いてくる。ノアはさっと立ち上がりその場を離《はな》れると、渡《わた》り廊下から建物に入った。

だが、そちらはそちらで人気があり、ノアはそれを避けるように廊下を進み……繰《く》り返すうちに、自分がどこにいるのかまったく分からなくなってしまう。

「まさか、これ、迷子……」

嘘《うそ》だろうと思うけれど、宮殿《きゅうでん》はそれこそ嘘のように広い。

これは外に出て、塔を目印に帰るしかない——と、そんなことを考えて窓の外を見ながら歩いていたせいだろう。

「あっ」

「きゃっ」

廊下の角から出てきた相手に、ぶつかってしまい、ノアは慌ててそちらに目を向けた。

そこにいたのは、美しい金髪《きんぱつ》の女性だ。金茶の耳は先端《せんたん》だけが白く、赤に近いオレンジ色のドレスを身に纏《まと》っている。ふさふさとした尻尾《しっぽ》がちらりと見えた。

幸いお互《たが》い勢いがなかったせいか、似たような体格だったためか、倒《たお》れるようなことはなかったようだ。ただ、相手が女性であることに気付いてノアは焦《あせ》った。

「あの、す、すみません、よそ見していて……！」

「——魔術師」

慌てて謝罪を口にしたノアに、相手の女性は大きく目を瞠《みは》ってぽつりと呟く。

「え？」

ノアは首をかしげたものの、すぐに自分が魔術師のローブを羽織っていたことを思い出した。この真っ黒のローブを着ているのは、王宮の中では自分とノルドだけだから、きっとそれで分かったのだろう。

「あなたが、グレイブ殿下《でんか》が連れてきたという魔術師なの？」

「あ、はい。そうだと思います」

ノルドがどういった経緯《けいい》で王宮に来たのかは知らないが、少なくとも自分が当てはまることは間違《まちが》いない。

しかしそう頷いた途端《とたん》、女性は鋭《するど》い視線をノアに向けた。

「そう、あなたが……」

手にしていた扇《おうぎ》を開いて口元を隠《かく》し、そう呟《つぶや》く。品定めをするかのような視線からは、あからさまな敵意を感じた。だが、それがなぜなのか分からずノアはただ戸惑《とまど》う。

「あなた、自分のしたことが分かっているの？」

「え、ええと……」

おそらく、今ぶつかったことを言っているのではないということだけは分かったが、ならば何かというのは分からずノアは口ごもる。

「図々《ずうずう》しいだけでなく、鈍重《どんじゅう》だなんて恥《は》ずかしくないのかしら？」

イライラとした口調に、身を竦《すく》める。

「たまたま発情期に居合わせたというだけで、こんなどこの者ともしれない愚《おろ》かな平民の人族なんかと……殿下がお気の毒でならないわ」

そう言われて、ようやく彼女の言っている『自分のしたこと』が、グレイブに抱《だ》かれたことだと気がついて頰《ほお》が熱くなる。

けれど、気付いたからといって——いや、気付いたからこそ、なんと返せばいいのか分からず、ノアは羞恥《しゅうち》に身を焼きつつも、ただ黙《だま》り込むことしかできなかった。

そんなノアを馬鹿《ばか》にするように、女性は蔑《さげす》んだ視線を向ける。

「知らないでしょうから教えて差し上げるわ。本当はわたくしが、殿下の番《つがい》になるはずでしたのよ？」

「え……」

思わぬ言葉に、ノアはわずかに目を瞠り、女性を見つめる。

「それって、どういう……」

「わたくしと殿下は、本当ならば今頃《いまごろ》婚約を結んでいるはずでしたの」

そう言うと、相手は悲しくて仕方がないというように目を伏《ふ》せる。

二人は婚約秒読みだったが、折悪《あ》しくクーデターが起き、グレイブが行方《ゆくえ》を晦《くら》ませたせいで、予定が延びてしまった。そして、戻《もど》ってきたときにはノアを伴侶《はんりょ》にすると言い出した、ということらしい。

……なぜだろう。心臓が痛い。

「他《ほか》に選択肢《せんたくし》がなかったからと言って、こんなことになるなんて……本当に殿下がおかわいそうだわ」

「あ、あのでも……俺は、レイ――グレイブ殿下と結婚する気は、ないので……」

思いも寄らぬことを聞かされて呆然《ぼうぜん》としつつも、ノアはそう口にする。その言葉は事実のはずなのに、なぜだか喉《のど》に引っかかるような不快感があった。

ノアの言葉を聞いた女性は、その美しく整えられた眉《まゆ》を顰《ひそ》める。怒《いか》りのあまりだろうか、扇を持つ手が震《ふる》えている。

「まさか、知らないとでも言うの？」

「……何をですか？」

強い視線がノアを射貫《いぬ》くように見つめる。

「わたくしたちは最初のお相手を伴侶にするのよ。移り気な人族などとは根本的に違うの。一度番《つが》えばその相手に縛《しば》られる。番った相手に本能的に惹《ひ》かれ、その者だけを求めてしまう。逃《のが》れられない運命となるのよ」

その言葉に、ノアは真冬に冷たい水を被《かぶ》ってしまったときのような衝撃《しょうげき》を受けた。

それが本当なら、自分は取り返しのつかないことをしてしまったことになる。

グレイブが最初の発情期に抱いたのは、間違いなくノアだ。だとしたら、グレイブは最初にノアを抱いてしまったから、ノアを伴侶にすると言っていたのか？

いや、もちろんそれはそうなのだが……。責任からそうしようと考えるのと、そうする以外にないというのではまったく意味合いが違ってくる。

「自分が何をしたか、もうお分かりになって？」

責めるような女性の言葉に、どうしていいか分からなくなる。今の話が本当ならば、何をどう詫《わ》びようとも無駄《むだ》ではないか。

――グレイブは責任を取ると言っていたけれど、本当に責任を取らなければいけないのは自分のほうなのではないか？

「俺……す、すみません……っ」

考えれば考えるほど衝撃は増し、気付いたときにはその場から逃《に》げ出していた。

どこをどう走ったのか分からない。だが、とにかく外に出たノアは、目印になる塔《とう》を見つけると、何も考えずにそちらへと向かって走る。

だが、もともとの体力のなさから、次第《しだい》に足は遅《おそ》くなり、やがて塔の前まで来て止まった。

頭の中では、先ほどの女性の言葉がぐるぐると回っている。

「どうしました？」

門番の一人にそう声をかけられて、ようやく我《われ》に返った。すでに顔見知りになりつつある相手の心配そうな表情に、慌てて頭《かぶり》を振る。

「い、いいえ、何でも……あ、レイ……グレイブ殿下はここには……」

もし来ているならば今は顔を合わせたくないというのは変わりない。離宮《りきゅう》のベッドにいたときとは、違う理由になってしまったけれど……。

「先ほどいらっしゃいましたが、少し前にお出になりました」

「そうですか……」

それならば、しばらくはやってこないだろう。

ありがとうございますと小声で呟いて小さく頭を下げる。そのまま門を潜《くぐ》り、塔の中へと入った。一つ、思いついたことがあったからだ。

先ほどの女性の言葉が本当なのか、グレイブに尋《たず》ねることはさすがにできない。ならば、自分が頼《たよ》れる相手は、ノルドしかいなかった。

ノルドの部屋のドアをノックすると、どこか間延びした声がする。

「ノアです」

「入っていいよー」

ドアを開けると、いつも通り本に埋《う》もれるようにしてノルドが椅子《いす》に座っていた。視線は本に落としたまま口を開く。

「ノアがここに来るなんて珍《めずら》しいね。発情期は無事に済んだ？」

「え、あ……はい」

そういえば、この前はそのことを聞いて飛び出してしまったのだ。

「あのときは教えてくれてありがとうございました」

ノアの言葉に、ノルドは気にするなと言うようにひらひらと手を振《ふ》る。

「それで、その……もう一つ、教えて欲しいことがあって」

「何？」

そこでようやく、ノルドは本から視線を上げた。そして、わずかに眉を顰める。

「どうしたの？　顔色が悪い」

「大丈夫《だいじょうぶ》です。それより……」

頭を振り、ノアは先ほどの女性の言葉を、その真意を尋ねた。

獣人《じゅうじん》は、最初の相手以外と番うことはできないのか、と。

「なんでそんなことを訊《き》くの？」

「俺は、何も知らないので……ルクセンでは、獣人の情報はものすごく制限されていたから」

「ああ、そっか。ノアはルクセンの出だったっけね」

ノルドはそう言ってから、少し困ったようにボサボサの髪《かみ》を右手でかき混ぜた。

「……まぁ、いいか」

やがて吹《ふ》っ切れたようにそう呟くと、ノアを見て頷《うなず》く。

「僕はノアと同じで人族だから詳《くわ》しくないし、実際の感覚は分からないけど、そんな話を聞いたことはあるよ」

獣人は、人族と違《ちが》って一度体を重ねれば、番を変えることはないのだとノルドは言った。

やっぱり本当なのか……。

ノアは、どうしていいか分からず、唇《くちびる》を噛《か》む。

「それがどういう仕組みによるものかは、僕は知らないけど、気になるなら殿下《でんか》に訊いてみたら？　殿下も生物学者ってわけじゃないから、どこまで知ってるかは分かんないけど、少なくともそのほうが誤解がなくていいと思うけどね」

「……はい」

本当は、グレイブに訊く勇気などなかったけれど、ノアは小さく頷く。そして、ノルドに礼を言って部屋を出た。

――あの女性の言ったことは、本当だった。

ノアは、別にグレイブの番になろうと思って、あのときグレイブを受け入れたわけではない。けれど、グレイブと婚約《こんやく》する予定だったあの女性からしたら、自分は簒奪者《さんだつしゃ》だ。どれだけ恨《うら》まれても仕方ないだろう。

グレイブだって本当は……。

「ノア！」

ぼんやりと考えながら階段を上ろうとしたノアは、背後から手を掴《つか》まれてびくりと肩《かた》を震わせる。

「あ……」

「部屋にいなかったので驚《おどろ》きました。体調は大丈夫ですか？」

グレイブにそう訊かれて、ノアはどうしていいか分からなくなった。

知らなかったのだ。まさかあのときに抱《だ》かれたことが、グレイブの運命をねじ曲げてしまうなんて……。

「ノア？　何かありましたか？」

何も言えずにいるノアに、グレイブは心配そうな声で訊く。

ノアはそれにはどうにか頭を振り、それから思い切って口を開いた。

「ごめん、少し、一人にして」

「え？」

ノアの手を掴んでいた手が、動揺《どうよう》したように揺《ゆ》れる。

「……少し、一人で考えたいことがあって、だから、しばらくは……会いに来ないで欲しい」

「会いに来るなって……急になんでそんな……いやです」

戸惑《とまど》った声を上げつつも、グレイブははっきりと拒絶《きょぜつ》した。いつものノアだったら、いやだというならしょうがないと諦《あきら》めただろう。

けれど、今はどうしても、グレイブから離《はな》れたかった。どうしていいか、本当に分からないのだ。うしろめたいような、悲しいような、申し訳ないような、そんな気持ちで自分の胸の中がぐちゃぐちゃになっていて苦しい。

「レイ……頼《たの》む。少しの間でもいいから」

そういって視線を上げた途端《とたん》、ぽろりと涙《なみだ》が零《こぼ》れた。グレイブが酷《ひど》い衝撃を受けたように目を瞠《みは》り、摑んでいた手から力が抜《ぬ》ける。

「……分かり、ました」

ぽつりと、低い声でそう言うとノアから距離《きょり》を取るように一歩下がる。

「でも、忘れないでください。俺は、ノアがいいと言ってくれたらいつでもノアの下《もと》に駆《か》けつけますから」

「…………ごめん」

ありがとうとは言えなくて、結局謝罪を口にしたノアに、グレイブは耳を垂らし、淋《さび》しそうな目をした。そして、そのままゆっくりと踵《きびす》を返すと階段を下りていく。

ノアは振り切るように視線を外し、涙を拭《ぬぐ》いながら階段を上り始める。そして、そのまま仕事部屋へと入ると崩《くず》れ落ちるようにソファに座った。

先ほどの、淋しそうなグレイブの目を思うと、胸が苦しい。

あんな顔をさせたかったわけではないのに……。

「レイを傷つけてばかりいるみたいだ……」

けれど、いつも通りの顔なんて、とてもじゃないけれどできなかった。

しかし、それならば一体、どんな顔をしてグレイブの前に立てばいいのか。ノアにはもう分からなくなってしまった。

謝るべきなのかとも思うけれど、謝ったところで過去は変えられない。それに、これまでグレイブは一度たりともノアを責めたりしなかった。謝罪してきたのは、グレイブのほうだ。ノアが悪いなんて、グレイブは一言も言わなかった。

それどころか、頭を下げて、責任を取るとさえ言ったのだ。王族という、尊い立場にありながら……。

ノアはいつもそれを気にしなくていいと、そんなつもりはなかったと否定し、流してきた。自分はあの家を離れるつもりはなかったし、一度の過《あやま》ちで、縛《しば》り付けていい相手ではないと思っていたから。

グレイブにはもっとふさわしい人がいると思った。

そう、思っていたのに……。

――本当はわたくしが、殿下の番《つがい》になるはずでしたのよ？

――わたくしと殿下は、本当ならば今頃《いまごろ》婚約を結んでいるはずでしたの。

あの女性の口からそう聞いたときの、痛み。こうして思い出せばまた、ぎゅっと摑まれたように胸が痛む。

そして、グレイブと結婚する気はないと口にしながら感じた、引っかかり……。

伴侶《はんりょ》になる気はない、そう言いながらも、自分はグレイブが本当に自分以外の人を伴侶にするということの意味を、分かっていなかったのかもしれない。

グレイブが自分以外の人を愛し、そばに置く。家にいた頃《ころ》は、それが当然だと思っていた。ランドルに襲《おそ》われて助けられたあとも、国に帰らなければならないグレイブを見送ると決めた心にあったのは、淋しさだけだったはずだ。

いつからだったのか……。

今は痛むこの胸が、グレイブの微笑《ほほえ》みにドキドキと弾《はず》むようになった頃にはもう、そうだったのだろう。

「どうして……」

グレイブのことを好きになっていたのだと、こんなときに気付くなんて。

ノアは深いため息を吐《つ》くと、ずるずると崩れるようにして、そのまま座面に横たわった。

これからどうすればいいのだろう？

何も考えずに、責任を取るというグレイブの言葉に頷けばいいだけではないか、と思わないわけではない。

けれど、真実を知った今はそれが酷く虚《むな》しいもののように感じる。

グレイブがかわいそうだと言った、彼女の言葉を思い出し、本当にその通りだと思う。

グレイブが自分を求めるのは、一度抱いたことによる本能の希求であって、心が求めているわけではないのだと知ってしまったから。

たった一度の過ちだけでグレイブを、女性でも獣人でもない自分に縛り付けていいはずがない……。以前から感じていたその思いは、ますます強くなった。

グレイブが他《ほか》の誰《だれ》かに愛を囁《ささや》くなんて、考えたくはない。

けれど、自分に与《あた》えられた愛の言葉が、抱いた相手に惹《ひ》かれる本能から来るものならそれは……。

ノアは身を縮め、ぎゅっと目を閉じる。

何をどうするのが正解なのだろう。

分からない。だが、今まで通りではどうしたっていられない。

「レイ……」

自分に恋《こ》い慕《した》うという感情を教えた相手の名前を呼んで、ノアはほろほろと涙を零した。

◆

「……ないな」

手にしていた本を閉じ、ノアはため息混じりに呟《つぶや》く。小さなテーブルには何冊もの本が積み重なり、小さな塔《とう》を築いていた。

テーブルに積まれた本はどれも獣人《じゅうじん》の習性について書かれたものであり、今手にしているのもそのうちの一冊だ。

グレイブと顔を合わせなくなってから四日。

ノアは王宮内にある図書館へと足を運んでいた。

最初は仕事場にある書庫で本を探していたのだが、書庫の本は九割が魔術絡《まじゅつがら》みで、他のものはあまり置かれていない。

ノルドに訊《き》いたところ、王宮の図書館ならばそれ以外の本が多く所蔵されていると言われて、すぐにこちらへと足を運んだのだ。

幸い図書館は、魔術師のローブで入れる範囲《はんい》のようで、特に止められることもなかった。

だが、幸いと言えたのはそこまでだ。少なくとも今読み終わった本には、ノアが本当に知りたかったことは書かれていなかった。獣人の種族による性質の違《ちが》いについて書かれたもので、発情期の時期や変化などについて、ある程度知ることはできたと思う。

だが、ノアが一番知りたかったことは書かれていなかった。

ノアが知りたいこと。それは、ノアをグレイブの番ではなくする方法だった。

最初に番《つが》ったものを求めるという、本能。獣人のどこかに刻まれてしまうのだろう情報を白紙に戻《もど》す方法か、番に惹かれる原因を取り除く方法が知りたかった。

いや、諦めるには早い。まだ一冊目なのだから。

テーブルの上にある本の背表紙をスッとなぞる。

人族や他の亜人と獣人の違いや共通点に触《ふ》れた本、生態と生活習慣の違いによる国内の獣人分布についての本、獣人とアメイジア王国周辺国との関係性について書かれた本、獣人の祖となるものの神話の本など、ジャンルは違うがどれも獣人について書かれた本だ。

正直今読み終わったものが大本命だったので、この本の中に答えがあるのか不安ではあった。もちろん、なければまた別の本を見つけてくるつもりではあるけれど……。

最初に番ったものを求めるという、本能を消す。

それさえできれば、グレイブを自由にしてやることができるだろう。それでもなおグレイブが求めてくれるなら、そのときこそ、グレイブを好きだと告げようと思ったのだ。

ずるいかもしれない。けれど自分が先に好きだと告げてしまえば、責任を感じているグレイブは、惹かれる気持ちがなくなっていたとしてもノアを伴侶にすると言うだろうから……。

ノアは胸の痛みに眉《まゆ》を寄せ、それを振《ふ》り払《はら》うように頭《かぶり》を振る。

本当は誰かに訊いたほうが早いのかもしれない。けれど、グレイブに訊けるはずもないし、ノルドは獣人の性質については詳《くわ》しくなさそうだった。

そして、その二人以外に自分が相談を持ちかけられる相手などいない。塔の門番や召使《めしつか》い、部屋に食事を運んでくれるメイドなどとはそれなりに仲良くなっていたけれど、個人的な相談を持ちかけられるほどではなかった。

やはり自分で調べるしかない。そう考えてノアは手にしていた本をテーブルに置き、次の本を手に取る。けれど……。

「こんなところで何をなさっているの？」

突然《とつぜん》そう声をかけられて、ノアはハッとして顔を上げた。

「この間の……」

立っていたのは忘れもしない、先日自分に真実を教えた女性だ。

正直驚《おどろ》いたし、非常に気まずかったが、また逃《に》げ出すわけにもいかない。あんなふうに逃げ出したのが礼を失した態度だったことはさすがに分かる。

「あ、ええと……先日はすみませんでした」

とりあえず、ノアは立ち上がって頭を下げた。

けれど女性はノアの謝罪など耳に入っていないかのように、テーブルに積まれた本を見つめている。

「……まさかと思うけれど、わたくしの言ったことを疑ってらっしゃるの？」

「え？」

怒《いか》りを含《ふく》んだ言葉に、ノアはぱちりと瞬《しばたた》く。

それからすぐに気付いた。確かに、自分が持ってきた本は全《すべ》て獣人について詳しく知るためのもので、彼女の言葉の真偽《しんぎ》を確かめようとしていると誤解されても仕方がないものだ。

「ち、違います。俺はただ、レイの俺への感情を白紙に戻す方法はないのかと、そう思って……

……！」

焦《あせ》ってそう口にしたノアに、女性は驚いたように軽く目を瞠《みは》った。それからゆっくりと笑い、それを隠《かく》すようにぱらりと広げた扇《おうぎ》で口元を覆《おお》う。

「へぇ……。殿下《でんか》を愛称《あいしょう》で呼んだことは許せませんけれど、あなたにしては悪くない発想ではないの」

女性はそう言うと、少し考えるように沈黙《ちんもく》する。

「――――その方法を知っている方がいるわ」

「えっ？」

女性の言葉に、今度はノアが驚いて目を瞠った。

「本当ですか⁉」

「大きな声を出さないでちょうだい。ええ、わたくしの教師をしてくださっていた方なのだけれど……あなたが本当に殿下の幸福を考えていらっしゃるなら紹介《しょうかい》しましょう」

本当に、グレイブの幸福を……。

その言葉に、ノアはゆっくりと頷《うなず》いた。

用意があるからと言われ、翌日の待ち合わせ場所と時間を指定されたあと、女性とは別れた。名前を訊きたかったが、名乗られていないのは知っていて当然と思われているか、ノアになど名乗る必要がないと考えているかどちらかだろう。

どちらにしても尋《たず》ねることで機嫌《きげん》を損《そこ》ねたくなかったため、結局分からないままだ。

婚約する予定だったということだから、グレイブに訊けばすぐに分かるだろうけれど……。

グレイブは今、ノアを番《つがい》だと認識《にんしき》している。王族がそう認識している相手を白紙に戻す。王族側からの要請《ようせい》ならばともかく、今回の場合、誰《だれ》が行ったかがばれれば罪に問われる可能性は高い。だからこのことは誰にも言ってはならないと件《くだん》の女性に言われて、それはそうだと思った。だから、彼女のことを誰かに訊くのはやめておくことにする。

待ち合わせ場所が、人気《ひとけ》のない場所で、時間を夕暮れどきに設定されたのも同じ理由だろう。

問題は、その待ち合わせ場所をノアがいまいち理解できていなかったことである。

これればかりは誰《だれ》かに訊くしかないだろう。防犯上の理由で、王宮内の地図などは簡単には手に入らない。だが、ばれないようにというのは……。

手にしていた本の最後の一冊を書棚《しょだな》に戻しながら、ノアはため息をこぼす。

――――明日。

明日で終わる。

自分は、グレイブの番ではなくなる。

そう考えた途端《とたん》、ぎゅっと摑《つか》まれたように胸が痛くなった。

「っ……」

強く瞑《つぶ》った瞼《まぶた》の奥が熱い。じわりと目尻《めじり》に浮《う》いた涙《なみだ》が、零《こぼ》れ落ちていく。

書棚の陰《かげ》に隠れるように、ノアはしゃがみ込んだ。

「どうして、涙なんて……」

そうしたほうがいいと思って、自分から調べていたことだ。自分ではグレイブの伴侶《はんりょ》という立場にふさわしくない。

自分がグレイブの番になってしまったのは、あのときほかに誰もいなかったからというだけの理由だ。

本当ならばグレイブは最初の発情期に、あの女性を抱《だ》くはずだったのだろう。

正しい状況《じょうきょう》に戻すだけ。ノア自身もそう望んでいたからこそ、方法を探していたのではないか。

なのに、どうしてこんなにも胸が痛むのか。苦しいと感じてしまうのか。

自分で決めたことなのに……。

どうして、グレイブを好きになってしまったのだろうと思う。好きになりさえしなければ、こんな痛みを覚えることもなかった。きっとただ純粋《じゅんすい》に、グレイブの幸福を思っていられたはずだ。

グレイブを好きになったのに、グレイブを思う気持ちはどんどん大きくなってしまっているのに、どうしてグレイブの幸福を願う気持ちに痛みが伴《ともな》うのか……。

それはきっと、彼の幸福に自分が必要ないと分かってしまっているから。

自分がグレイブを幸せにできるのならよかった。身分や立場にふさわしい――あの女性のようだったなら。

そうしたら、今更《いまさら》ではあってもグレイブに自分を伴侶にして欲しいと願い出ることもできたかもしれない。ずっと一緒《いっしょ》にいることもできただろう。

そう考えたとたん、胸が塞《ふさ》がる。

今後のことも、考えなければと気付いたからだ。

もちろん、あのやさしいグレイブのことだから、番としての感情がなくなったとしても、ノアを厭《いと》うようなことはないだろう。

けれど……自分は耐《た》えられるのだろうか？

ノアへの感情が白紙になれば、次の満月にはグレイブは別の、もっと番としてふさわしい相手を抱くだろう。

そして、その相手を今度こそ、伴侶に迎《むか》えるのだ。

それをそばで見ているなんて、きっと自分には耐えられない。

家に帰りたいと、強く思った。もう、今はないあの家に……。

だが、そこにはもう何もなく、グレイブもいない。ノアにはそれも、痛いくらいによく分かっていた……。

◆

こっちで合っているだろうか……。

待ち合わせに指定された場所に向かいながら、ノアは小さくため息を吐《つ》く。人目を避《さ》けているうちに、随分《ずいぶん》遠回りすることになってしまった気がする。

その辺りに立っている兵士に訊《き》ければ簡単なのだが、そういうわけにもいかない。

礼拝堂の裏手の井戸《いど》、ということだったけれど……。

実は悩《なや》んだ末に、顔見知りになっている塔《とう》の召使《めしつか》いの一人に、礼拝堂の場所を教えてもらった。ノルドに訊けば詮索《せんさく》される可能性があると思ったためだ。

礼拝堂自体は誰が行ってもおかしくない場所であるし、獣人《じゅうじん》の国であるアメイジア王国の国教はルクセンとは違《ちが》うため、今まで礼拝堂に足を運んだことがなかったとしても不自然ではない。それでも一応は、図書館で神話の本を読んで興味が湧《わ》いたという言い訳をしておいた。案の定、召使いも特に怪《あや》しむ様子もなく教えてくれたのだけれど……。

空は赤から紫《むらさき》へと姿を変えつつあった。ちょうど人の顔が見えにくい時間だ。

迷うことも考えて早めに出たつもりであったが、少し遅《おく》れているかもしれない。個人の持つような時計などこれまで必要になったこともなかったし、高級品過ぎて当然ノアは持っていないため、はっきりとは分からなかった。

まずは礼拝堂のそばまで行き、それから裏手へと回る。

時間帯のせいなのか、それとも普段《ふだん》から人気のない場所なのかは分からないが、そこには誰の気配もなかった。待たせすぎて帰ってしまったというわけではないよなと不安になりつつ、井戸へと近付く。

見ればすぐ横に蓋《ふた》らしきものが置かれている。だが、滑車《かっしゃ》などは古び、ロープもない。どうやらこの井戸はすでに使われていないもののようだった。人がいないのも道理だろう。

水が涸《か》れたのかもしれない。だが、どうして蓋を外しているのだろう？　などと思いながら、ノアがなんとなくその古びた蓋を見つめていたときだった。

うしろから枯《か》れ葉を踏《ふ》む音が聞こえて、ノアは振《ふ》り返る。だが、そこにいたのは件の女性ではなく、見たことのない男だった。

丸い耳と髪《かみ》はどちらも黒い。尻尾《しっぽ》は短いのか、正面からはちらりとも見えない。がっしりとした体つきで背が高かった。ひょっとするとグレイブより少し高いかもしれない。まさかここで人にかち合ってしまうなんてと思ったけれど、意外にも男は驚《おどろ》いた様子もなく近付いてくる。

その様子に、ひょっとしてと思い、ノアは口を開く。

「もしかして、あなたが『先生』ですか？」

あまり教師というような職業に就《つ》くようには見えない体格だったが、種族的なものもあるのかもしれない。

ノアの問いに、男が笑《え》みを浮かべる。

女性は方法を知っている相手を『紹介《しょうかい》する』と言っていた。ノアはてっきり彼女も一緒に来ると思っていたが、この件に関《かか》わっていることを知られたくないと望んでいたことを考えれば、一人で寄越《よこ》したとしてもおかしな話ではないだろう。

「お嬢様《じょうさま》から伝言を預かっています」

その言葉にやはりこの人がそうなのかと、ノアは複雑な気持ちになる。安堵《あんど》と、いよいよだという不安と、方法があるというのは本当のことだったのだという——少しの絶望と諦念《ていねん》。

喜ぶべきことのはずなのに、こんな気持ちになること自体が罪のように思えた。

男は大股《おおまた》でノアへと近付いてくる。そして、手が届くほどの距離《きょり》でようやく足を止めた。

ノアは、不安に揺《ゆ》れる瞳《ひとみ》で男を見上げる。

「——あなたを番《つがい》でなくする方法は簡単なことだ、あなたが死ねばいい」

「え……？」

男が手を振り上げた途端、極《ごく》近くでパリンと何かが割れる音がして、ノアは目を瞠《みは》る。男が何かに弾《はじ》かれたように後方へ吹《ふ》き飛ぶ。その手にキラリと光るものが握《にぎ》られていることに気付いて、息を呑《の》んだ。

だが、ノアには何があったのか分からない。光ったものがナイフであったことに気付いても、混乱のあまり動くことができなかった。

「魔術師《まじゅつし》が……怪しげな術を使いやがって……！」

その言葉に強い悪意と暴力性を感じて、びくりと体を揺らす。ここに至ってようやく、先ほどの伝言が頭に入ってきた。

『あなたが死ねばいい』

つまり彼女は最初から、ノアを殺すつもりでこの男を送り込んできたのだ、と。

ノアは咄嗟《とっさ》に踵《きびす》を返したが、男のほうが速い。ぐんと体をうしろに引かれ、ローブを摑《つか》まれたのだと気付く。

だが、そのまま引き倒《たお》されそうになったときだった。

「ぐが……ぁっ」

うなり声と悲鳴が混ざったような声が聞こえ、不意にローブを引く力がなくなる。ノアは勢いのまま前に倒れ込んだ。

背後に目を向けるとそこには、こちらに背を向けたグレイブが立っていた。

グレイブの前には、先ほどの男が腕《うで》を抱《かか》えるようにしてうずくまっている。

「俺の番に手を出すとは……」

男が恐怖《きょうふ》に歪《ゆが》んだ顔で、グレイブを見上げた。グレイブの尻尾はその怒《いか》りを表すように逆立っている。

「すぐにでも始末してやりたいが、訊かねばならないことがあるからな。殺すのはそれからにしてやる」

「ひぃ……っ」

絞《しぼ》り出すような悲鳴を上げた男に、グレイブが剣《けん》を振り上げた。ノアは思わず目を瞑《つぶ》る。殴《なぐ》りつけるような鈍《にぶ》い音のあと、今度はどさりと地面に何かが落ちた音がした。そっと目を開けると、男が地面に倒れ伏《ふ》しているのが見える。

すぐに、グレイブがこちらを振り返った。

「ノア！　大丈夫《だいじょうぶ》ですか？」

グレイブは膝《ひざ》を突《つ》くと、心配そうにノアの顔をのぞき込んでくる。

「大丈夫……だけど……」

頷《うなず》きつつ、ノアはぼんやり呟《つぶや》いた。先ほどまでの、震《ふる》えが来るほどの憤怒《ふんぬ》などみじんも感じさせない様子に、少しだけ混乱する。けれど、グレイブのシャツの袖《そで》が赤く染まっていることに気付いて、ぎょっと目を見開いた。

「レイ、怪我《けが》を……！」

「え？　ああ、俺もまだまだ未熟ですね。ノアが傷つけられると思ったら、頭に血が上ってうまく対処できませんでした」

グレイブはそう言って少し恥《は》ずかしそうに苦笑《くしょう》したけれど、ノアはそれどころではない。さっと血の気が引くのを感じながら、グレイブの腕に手を伸《の》ばす。

刃物《はもの》で斬《き》りつけられた傷口から血が流れているのを見て、慌《あわ》てて治癒《ちゆ》魔術を使った。

「……ありがとうございます。あのときもこうして治してくれたんですね」

みるみる治っていく傷口を見ながら、グレイブがうれしそうに言う。

「喜んでる場合じゃないだろ！」

ノアは涙目《なみだめ》でグレイブを睨《にら》む。

「なんでこんな……」

「ノアを守るのは俺の役目ですから」

そっと頬《ほお》を撫《な》でられて、ノアは唇《くちびる》を噛《か》む。そうしなければ嗚咽《おえつ》が零《こぼ》れてしまいそうだったから。

自分には、その身を盾《たて》にしてまで守ってもらう価値などないのに。

「……レイのほうが大事だよ。俺は、レイが無事なら、そのほうがうれしい」

「俺は、ノアが無事のほうがうれしいから、お揃《そろ》いですね」

すぐに返された言葉に、ノアはくしゃりと顔を歪めて、耐《た》えきれずに涙を零す。

「の、ノア？　どうしました？　やはりどこか……」

「ち、ちが……っ」

すう、と息を吸い、呼吸を整えようとした。けれど、涙は止まらなくて……。

グレイブの気持ちはうれしい。けれど、その献身《けんしん》は、本来自分に捧《ささ》げられるべきものではなかったはずだ。

その上、それを本来の形に戻《もど》すためには、ノアの死が必要だという。もちろん、それが本当のことなのかを疑う気持ちもなくはないけれど……。

少なくとも、そのほかの方法がおそらくないのだということが、分かってしまった。さすがに殺すよりも穏便《おんびん》なものがあれば、そっちを選んだのではないかと思う。

けれど、もし死ぬべきだと求められても、自分にはこの命を投げ出す覚悟《かくご》がない。

自分の命は、両親がそれこそ命がけで守ってくれたものだ。うち捨てることなど、選べるはずもなかった。

「ご、ごめんレイ、レイは……本当は俺じゃない人と、こ、婚約《こんやく》するはずだったんだろ？　なのに……っ、ごめん、ごめん、なさい……っ」

謝罪することしかできないことが、申し訳ない。嗚咽の合間にどうにかそう口にしたノアの腕をグレイブは強く引き寄せ、ぎゅっと抱《だ》きしめた。

「ノア、ノア、謝らないでください。俺がノアと結婚したいんです。婚約する予定なんて……誰《だれ》に聞いたんです？　昔そんな話もあったというだけですよ。俺はノアを愛しているんですから」

「そ、れはっ……俺のこと、最初の発情期に、だ、抱《だ》いてしまったから……だから俺なんかを

番に……」

ノアの言葉に、グレイブの体がぴくりと揺れた。抱きしめる腕を緩《ゆる》め、グレイブがノアの顔をのぞき込んでくる。

「誰がそんなことを言ったんです？」

濡《ぬ》れた頰をハンカチで拭《ぬぐ》いながら、そう問われてノアは迷いながらも口を開いた。

「……名前は、知らない。先端《せんたん》だけ白い、金茶の耳の女の人で……」

「ああ、サリヴァールの……」

どうやらそれだけでグレイブには誰か分かったらしい。わずかに沈黙《ちんもく》し、それから小さくため息をついた。

「とりあえずあの男のこともありますから、一旦離《いったんはな》れましょう。話はそれからです」

グレイブはそう言うと、ノアを横抱きに抱き上げる。

「レイ！　だめ、腕が……」

「ノアが治してくれたから大丈夫ですよ」

怪我をしたばかりなのにと思い慌てて言ったけれど、グレイブはそのまま歩き出してしまう。そして、いつの間にか近くにいた兵士に、倒れている男を牢《ろう》に捕《と》らえておくように指示を出した。

そうしてノアが連れて来られたのは、グレイブの部屋だ。離宮《りきゅう》に着く頃《ころ》にはノアの涙も止まっていたが、結局抱き上げられたまま下ろしてもらうことはできなかった。薄暮《はくぼ》に沈《しず》む室内に、ランプが一つ灯《とも》されている。

「全部話してもらいますよ」

グレイブはノアを抱いたままソファに座ると、そう言って顔をのぞき込んできた。ノアはその視線を避《さ》けるように俯《うつむ》いてしまう。

膝から下りようと身じろいだが、グレイブは放す気はないらしい。

「女とはどこで知り合ったんです？」

「……散歩しているときに偶然《ぐうぜん》会った」

結局、ノアは膝から下りることは諦《あきら》めて、グレイブに訊《き》かれるままに、彼女との会話内容を説明した。

グレイブと婚約する予定だったことや、ノアがそれを台無しにしてしまったこと、獣人《じゅうじん》の本能のこと……。

「俺が抱かれたりしなければ、レイは彼女と番《つがい》になったって……」

グレイブの口からため息が零れる。

「まず、ノアが話を聞いたという金茶の耳の女は、サリヴァール侯爵《こうしゃく》家の長女、ロザリアです。確かに彼女と俺の間に婚約の話が持ち上がったことはありましたが、俺にその気がなかったので断りました」

「それは、クーデターが始まったから……そうじゃなかったら、婚約してたって」

「それは嘘《うそ》です。そんな話はなかった」

きっぱりと言い切られて、ノアはようやく顔を上げてグレイブを見る。

「本当に……？」

「本当です。今の話からしてあの女――というより、サリヴァール側は諦めていなかったようですが、少なくともこちらからは間違《まち》いなく断《ちが》った話です」


グレイブの声にはわずかの揺《ゆ》らぎもなく、嘘を言っているようには思えなかった。

少なくとも、自分がグレイブとロザリアの恋《こい》を邪魔《じゃま》したわけではないと分かって、ノアの心が安堵《あんど》で少し軽くなる。

「ロザリアに出会ったことは分かりましたが、あの男は誰です？　あの男にも面識が？」

その問いには頭《かぶり》を振《ふ》る。

「あの男は多分、ロザリア、さん？　に言われてきたんだと思う。その、ロザリアさんに俺が調べてることを知ってる人がいるから紹介《しょうかい》する、って言われて、待ち合わせをしていたから」

「ノアの知りたいこと？」

「……獣人は、最初に関係を持った相手を番だと認識《にんしき》するって言われたから、それを白紙に戻す方法がないかと思って……」

目を伏《ふ》せてそう小声で告げると、ノアの腰《こし》を抱いていた腕《うで》にぐっと力がこもる。

「なんでそんな……いや、あの女のせいか」

ノアはその言葉にゆるゆると頭を振った。

「そうじゃない。ただ、俺がレイにふさわしくないと思って……。レイはたまたま発情期に俺しか近くにいなかったせいで、女性でも、獣人でも、貴族でもない俺を番にしなきゃいけなくなったんだし、そんなの忘れられるなら忘れたほうがいいと思ったから」

「そんなわけがないでしょう！」

突然《とつぜん》、大きな声でそう言われて、ノアはびくりと体を震《ふる》わせる。

「すみません。驚《おどろ》かせるつもりは……」

グレイブはすぐにそう謝罪してくれたけれど、続いて口から零れたのは、気を落ち着けようとしているような大きなため息だった。

「そんなことを考えているのなら、一人になんてさせなければよかった」

呟《つぶや》きはノアへというよりも、自分自身に向けた言葉のようだ。

「ノアの様子がおかしかったのは、そのせいだったんですね」

「……………」

肯定《こうてい》することも否定することもできずノアが黙《だま》り込むと、グレイブはノアの頬にそっと手を添《そ》え、顔を上げさせる。

グレイブは、痛々しい微笑《ほほえ》みを浮《う》かべていた。

「伝わっていると思っていた俺が、間違っていたようです」

何のことだろうと、ノアはグレイブの灰色の瞳《ひとみ》を見つめる。

「獣人は最初に番《つが》った相手を唯一《ゆいいつ》の番にするというのは確かです。けれど、狼《おおかみ》の獣人は番いたいと思う相手ができなければ、性的に成熟したのちも発情期を迎《むか》えることはありません」

「そう言えば、そんなこと書いてあった気もするけど……」

図書館で読んだ本の内容を思い出す。

けれど、グレイブがロザリアを好きだったのだと思っていたから、引っかかりを覚えることはなかったのだ。

まったくピンときていないノアの様子に気付いたのだろう、グレイブは少し困ったように苦《く》笑《しょう》する。

「つまり、俺がロザリア……じゃなくても、こちらで好きな相手がいれば、とっくに番を作っていたということです」

「そう……なのか？」

「俺が成熟を迎えたのは十四の頃でしたし、こう見えても第三王子ですから。よほど難しい相手でなければ叶《かな》ったはずです」

そう言われれば、確かにそうなのかもしれない。その上、ノアから見るとグレイブはやさしくてかっこいいし、多少強引《ごういん》なところもあるが気遣《きづか》いに長《た》け、かわいらしいところまである男だ。恋を叶えることは難しくなかったように思う。

「でも、だったらなんであのとき……ひょっとして、時魔術の副作用……？」

首をかしげたノアにグレイブは、どうしてそうなるんですかとため息を吐《つ》く。そして、少し迷ったように口を噤《つぐ》んだあと、話し始めた。

「……ノアは分かっていなかったと思いますが、俺は子どもの姿だったときから、ノアが好きだったんです」

「えっ」

その言葉に驚いて、ノアは大きく目を見開く。

「子どものくせにそんなことを考えていたのかと……ノアが嫌悪感《けんおかん》を持つのではないかと思って言えなかったんです。でも、あなたを自分のものにしたいと――番にしたいと、心から望んでいました」

「え、え？」

あんなにかわいかったグレイブが？　とノアは少し混乱する。体だってノアよりずっと小さくて、今とは逆に、軽々とノアの膝《ひざ》に乗せることができるほどだったのに……。

「ノアのことが、かわいくて、ノアと番になりたい、全部俺のものにしたいって、ずっと思っていたんです」

「う、嘘……」

グレイブの説明に、ノアは呆然《ぼうぜん》と呟く。

「嘘じゃありません。……軽蔑《けいべつ》しましたか？」

けれど、淋《さび》しそうに眉尻《まゆじり》を下げるグレイブに、ノアは慌《あわ》てて頭を振る。信じられないと思いつつも、じわじわと頬《ほお》が熱を持つのを感じた。

「軽蔑とか、そんなのはしない。……驚いたけど」

それは本心だった。考えてもみなかったし、正直本当だとは思えなかったけれど、軽蔑したり、嫌悪感を持ったりするようなことはない。

「よかった」

ノアの答えにグレイブはそう言って、にっこりと笑う。

「ノルドが言うには、俺に掛《か》けた時魔術は、ノルドが死ぬか、ノルドに再会するまで解けないはずのものだったそうです。でも、ノアを好きになってしまった。本来の俺の体は大人ですから、発情期を迎えようとして……その結果、魔術が負荷《ふか》に耐《た》えきれずに解けてしまったのだろうとノルドは言っていました。もちろん、時魔術が不完全な状態だったというのも、原因の一つですが」

確かにあの時魔術はグレイブの記憶《きおく》を失わせてしまうという、致命的《ちめいてき》とも言っていい欠陥《けっかん》があった。それが綻《ほころ》びになったと言われれば、そういうこともあるのだろうと理解できる。

けれど……それでは、本当に？

本当に、グレイブは発情期を迎える前から自分のことを……？

「俺はノアを好きになったから発情したんです。誰《だれ》でもよかったわけじゃない。獣人《じゅうじん》の性質なんて関係なく、ノアが好きなんです。――――信じてください」

その言葉にこもる熱誠は、ノアをたまらない気持ちにさせた。ずっと痛くてたまらなかった胸が温かいもので満たされていくのが分かる。

不意に思い出したのは、ノルドの言葉だ。

ノルドは最初から、気になるならグレイブに訊《き》けと言っていた。そのほうが誤解がなくていいと思うと。

本当にその通りだった。自分は愚《おろ》かで臆病《おくびょう》なのだと、思い知った気がする。

けれど、それでも、グレイブが好きだと言ってくれるなら……。

「信じる……俺も、レイが好き」

そう言ったノアの唇《くちびる》に、グレイブの唇がゆっくりと重なった。

「んっ、あ、や、もう、レイ……っ、レイっ」

ソファの上でグレイブの腰にまたがるような体勢で揺《ゆ》さぶられて、ノアは強い快感に喘《あえ》ぐ。

胸元《むなもと》では、銀色のロケットが跳《は》ね回ってはカシャカシャと音を立てていた。

それくらい激しく突《つ》き上げられているのに、裸《はだか》にされているのはノアだけだ。グレイブはズボンの前をはだけただけで、ノアが肌《はだ》を羞恥《しゅうち》に染めて乱れるのを楽しそうに見つめている。

「ひ、んっ、やっ、そこ、だめ……っ」

両手でこねるように尻《しり》を揉《も》まれ、広げられて、繋《つな》がってる場所を撫《な》でられる。しっかり咥《くわ》え込んでいることを教えるような仕草に、頭の中が焼き切れそうなほどの羞恥を感じた。

なのに……。

「だめですか？　ノアのここは、こんなにおいしそうに俺のものを飲み込んでいるのに？　あ、今きゅっと締《し》まりました。そんなに一生懸命《いっしょうけんめい》もぐもぐしなくても、全部あなたのものですよ」

「そ、ういうこと、言うな……っ」

発情期ではないからだろうか。性急に体を繋げながらも、グレイブは余裕《よゆう》があるのか、いつになく饒舌《じょうぜつ》だった。

ノアのほうはいつもと同じように、いや、三度目であることや先日からそれほど間が空いていないこともあってか、ますます感じやすくなっているというのに。

「うれしいんです。ノアが発情期じゃなくても、体を許してくれることが」

「あ、んっ」

乳首《ちくび》を摘《つ》ままれて、ノアはかくんと首を仰《の》け反らせる。今日は服を脱《ぬ》がされるときに少し撫でられただけなのに、そこはすでに赤く尖《とが》っていた。気持ちのいい場所だと、ノアの体はもう覚えてしまっているのだ。

きゅっきゅっと抓《つね》られ、指の腹で揉み込まれるたびに、中に入っているグレイブのものを締めつけてしまう。

「かわいい……ノア、もっと感じてください」

「ひぁ、あんっ、やぁ……っ」

ちゅっと音を立てて乳首を吸われ、そのまま舌で刮《こそ》げるように舐《な》められる。離《はな》させようと肩《かた》を押し、身を捩《よじ》ろうとするけれど、腰《こし》に腕《うで》をしっかりと巻き付けられていて身動きがとれない。その上に、先ほどまでの激しさはないものの、深い場所まで開かれたまま、ゆさゆさと揺すられて……。

「れ、い……っ、も、だめ、中、んっ、揺らさないで……だめに、なる……っ」

ピンと勃《た》ったノアのものは、とろとろと先走りを零《こぼ》して、グレイブのシャツに染《し》みを作っていた。揺らされるたびにシャツにこすれ、快感に腰が跳ねればそれもまた刺激《しげき》になる。結果的に中と、前、そして乳首の三カ所を同時に刺激されて、ノアは無理だというように頭《かぶり》を振《ふ》る。

「だめになって、ノア。俺が欲しいって、俺だけがもっと欲しいってことしか考えられなくなればいい」

「そ、んな、あっ、あぁっ」

「ああ、中はもうなってくれているかもしれませんね？　いっぱい入れたからもう、俺の形になっているでしょう？」

グレイブはいったん腰の動きを止め、ことさら中に入っているものの形を意識させるように、ノアの薄《うす》い腹を撫でた。

あまりの言いように、ノアは言葉を失い、ますます真っ赤になってはくはくと口を動かす。

「ノア？　どうなんです？　まだなってないならもっといっぱいしないと――」

「も、な……な、なってる……っ！　なってるからっ」

恥《は》ずかしさに涙《なみだ》を零しながらも、肯定《こうてい》した。これ以上なんて無理だと思ったからだ。

ノアの言葉に、グレイブがうれしそうに笑う。

「よかった。ノア、あなたの中、これからもずっと俺のものですからね。発情期ほどの量は無理ですけど、これからは毎日入れて、注いであげますから」

「や、いい、いらな、あっ、んっ、あっあっあっ」

再び始まった律動に、ノアは堪《たま》らずに濡《ぬ》れた声を零す。

毎日こんなことされたら、死んでしまうのではないかと思う。だってまだ今日は一度も中に出されていないのに、ノアは腰から下がグズグズに溶《と》けてしまいそうなほどの快感を与《あた》えられているのだ。

「おか、しくなっちゃ、うっ、から……だ、だめ……っ」

「うん？　いいですよ。むしろなってください。俺に抱《だ》かれることだけ考えてお尻うずうずさせてるノアとか、考えただけでも最高ですね」

「あっ、やっ、おっきくする、な……っ」

おかしい。こんな子ではなかったはずなのに、とほとんど理性を失いつつある頭の片隅《かたすみ》で思う。

「仕方ないでしょう？　だってノアの中、熱くて、ぬるぬるで、気持ちいいから……っ」

「あ、あ――――っ！」

突然《とつぜん》強く突き上げられて、ノアは衝撃《しょうげき》で軽くイッた。

「ああ……中がぎゅっと締まって、ヒクヒクして……搾《しぼ》り取ろうとしてくる」

「は、はぁ……っ」

荒《あら》い息を吐《は》くノアの唇に、ちゅっと触《ふ》れるだけのキスが落ちる。

「でももうちょっと、我慢《がまん》してください。せっかくノアが好きだって言ってくれた記念日ですから、もっと長く楽しみたいし……ここ、腕を回して。ぎゅって抱きついてください」

グレイブの手に誘導《ゆうどう》されて、ノアは言われるままに首の後ろに腕を回してグレイブに抱きつく。

「え、あっ、あぁ……っ！」

膝《ひざ》の下に腕が通されて、太ももを掴《つか》まれたと思ったら、グレイブがそのままソファから立ち上がった。すでに深くまで入れられていると思っていたのに、もっと信じられないくらい奥までグレイブのものが入ってくる。

「やっ、あっあっ、ある、歩かない、でぇっ」

グレイブが足を進めるたびに、ずんずんと腹の奥が突かれる。

「ひ、や、腹、破れ、る……っ」

「大丈夫《だいじょうぶ》ですよ」

くすりと笑った声が酷《ひど》く艶《なま》めいていて、背筋がぞくりとした。

「あ、あっ、ん……っ」

ぽすりと、グレイブがベッドに座り体を倒《たお》すと、ノアの背中がシーツに触れる。

「ほら、もう着きました。ね？　泣かないで」

しがみついていた腕をほどかされ、深すぎる快感と恐怖《きょうふ》でぽろぽろ零れたノアの涙を、グレイブがちゅっちゅっと吸い上げる。

「ソファもいいですけど、やっぱりノアをたくさんかわいがるにはベッドがいいかと思って」

「ぬ、抜《ぬ》いてから移動すればよかっただろ」

「そんなもったいないことできません」

きっぱりと言い切られて、ノアはすんと鼻を鳴らした。もったいないってなんだ、と思う。

「……これからいくらでも、できるのに？」

ノアからしたら不可解なことに対する疑問を口にしただけだったのに、グレイブはその灰色の目を見開き、蕩《とろ》けるように笑った。

そして、自分の言葉の責任を取らされたノアは、空が暗くなり、再び明るくなるまでの間、幾度《いくど》となくグレイブにむさぼられたのだった……。

◆

「ん……」

ふ、と意識が浮上《ふじよう》して、ノアはゆっくりと瞼《まぶた》を開く。室内はうっすらと明るい。額に何かが当たっているのを感じて、グリグリと擦《こす》り付けると、頭上でくすりと笑う声がした。

「おはようございます、ノア」

「あ……」

ようやく意識が覚醒《かくせい》する。ぱちぱちと瞬《まばた》きをして顔を上げると、グレイブが幸せそうに笑っていた。どうやらノアが額を押しつけていたのは、グレイブの胸だったらしい。

「おはよう……」

そう口にして、声がガラガラになっていることに顔を顰《しか》める。そうだ、昨日はグレイブに散々抱かれて……。

頬《ほお》が熱くなるのを感じて、ノアは布団《ふとん》をたぐり寄せて顔を埋《うず》める。

「まだ眠《ねむ》いですか？　寝《ね》ててもいいですよ」

そういうわけではない。むしろ思い出した衝撃で、目はすっかり覚めてしまった。

「……起きる。けど、ちょっとあの、待って」

喉《のど》に治癒魔術《ちゆまじゅつ》を掛《か》けながら答える。グレイブはノアが恥ずかしがっているのが分かったのか、ふふ、と小さく笑い声を立てた。

「じゃあ、食事を取ってきますね。少し待っていて」

そう言ったグレイブがベッドを下り、寝室《しんしつ》のドアが閉まる音がしてからノアはようやく布団から顔を出す。

「うぅ……」

思わずうなり声が零《こぼ》れたのは、体のあちこちが痛かったからだ。

そっと布団の中を確認《かくにん》すると、体はきれいにされていて、グレイブのものらしい大きなシャツを着せられていた。丈《たけ》はノアが普段《ふだん》来ている夜着と変わらないが、肩が落ちているし、袖《そで》も随分《ずいぶん》長い。

そのせいで少し広く開いている襟《えり》の間から、あちこちに鬱血《うっけつ》のあとが見えた。胸元《むなもと》や内腿《うちもも》に顕著《けんちょ》なそれを見て、頬が熱くなる。

それからふと気付く。

「あれ?」

いつも首から下げていた、ペンダントがない。抱かれている間はつけていた記憶《きおく》があるから、風呂《ふろ》に入れるときにでもグレイブが外したのだろうか。戻《もど》ってきたら訊《き》いてみよう。

それにしても……どうしてあのかわいかったグレイブが、一晩中いやらしい言葉で人の羞恥《しゅうち》を煽《あお》るような男になってしまったのだろう……。

おかしい。いや、だからといって嫌《きら》いになったということは全くないのだけれど。

ノアは、自身の体に治癒魔術を掛けながらため息を吐いていると、ドアが開く音がした。

「そんな色っぽいため息を聞くと、また抱きたくなりますね」

トレイを手に戻ってきたグレイブが、にこにこと楽しそうに微笑《ほほえ》んで言う。

「……勘弁《かんべん》して」

口ではそう言いながらも、腹の奥がきゅんとしてしまう自分はどうかしてしまったのだろうかとノアはまた頬に熱を上らせた。

グレイブはベッドの脇《わき》のサイドテーブルにトレイを載《の》せると、それが自然な流れのようにノアの赤らんだ頬にキスをして、適当な椅子《いす》を引き寄せて座る。

「無理をさせてすみません。ノアがかわいすぎて我慢できなくて……。ノアが治癒魔術を使えてよかった」

「別に、いいよ」

こんなときのためにあるわけではないと思ったけれど、グレイブの尻尾《しっぽ》が垂れているのを見るとなんでも許してあげたくなるのだから仕方がない。

「でも、毎晩は無理だから」

毎日入れるとか言っていたなと思い出して釘《くぎ》を刺《さ》すと、グレイブは無言のままにっこり笑う。

返事をしないグレイブに不穏《ふおん》なものを感じなくもなかったが、それ以上何か言う前にノアの腹が鳴った。

「食べられそうですね。よかった」

グレイブはそう言うと、まずは水の入ったグラスを手渡《てわた》してくる。

トレイの上には一口で食べられそうなサイズのパイや、具の挟《はさ》まったパン、スプーンにそのまま盛り付けられた一口料理など、どれも簡単に食べられそうなものだけが美しく並べられていた。

柑橘《かんきつ》系の香《かお》りのする水を飲むと、改めて喉が渇《かわ》いていたのだと気付く。

「ノア、はい、どうぞ」

「自分で食べるよ」

口元にスプーンを差し出されて苦笑《くしよう》する。けれど、グレイブに譲《ゆず》る気はないらしい。そのまま唇《くちびる》にスプーンを押し当てられて、諦《あきら》めて口を開いた。

なんだろう。すごく恥《は》ずかしい。逆はしたことがあるのに……いや、したことがあるからこそ、だろうか。

「食べながら聞いてください」

ハムとチーズの挟まれたパンを咀嚼《そしやく》しつつ頷《うなず》く。

「昨日捕《つか》まえた男の証言で、ロザリアとサリヴァール侯爵《こうしやく》を捕縛《ほばく》しました。取り調べはこれからですが、男から聞き出した計画としてはノアをあの場で殺害し、死体を井戸《いど》に投げ込む予定だったようです」

それで、使われていないように見えた井戸の蓋《ふた》が開けられていたのか、と思う。

しかし、やっぱりあれは殺そうとしていたのか、と今更《いまさら》ながら体が震《ふる》えた。まさかそんなことを考えているなんて少しも思っていなかったのだ。

自分を憎《にく》んでいる相手をあんなに簡単に信じてしまうなんて、本当に愚《おろ》かだったと、今なら分かる。自分がどれだけ視野狭窄《きょうさく》に陥《おちい》っていたのかということも……。

「今後はこんなことはなくなると思いますが……もう、知らない人についていってはだめですよ？」

「……うん」

ノアが怖《こわ》がっているのが分かったのか、茶化《ちゃか》すように言ってくれたグレイブに小さく笑う。

「襲《おそ》われているのを見たときは、さすがに寿命《じゅみょう》が縮みました。ノアが、ペンダントをつけてくれていて本当によかった」

「ペンダント？　あ、そういえば起きたらなかったんだけど……」

思い出してそう言うと、グレイブは分かっているというように頷く。

「あれは今、修理に出しています。夜までには戻るので、少し待ってください。中の石のほうはすぐに返せますが……」

「夜に戻るならそのときでいいよ。でも、修理って……」

壊《こわ》れるようなことがあっただろうかと、ノアは首をかしげる。グレイブは少し返答に迷ったようだが、結局は教えてくれた。

曰《いわ》く、あのペンダントについていた灰色の魔石は、一度だけ物理的な攻撃《こうげき》を弾《はじ》く結界の魔術が込められていたらしい。

「あ……」

言われてみればあのとき、何かが割れるような音がしたのだ。おそらくあれが結界だったのだろう。

祖父の水魔術による結界とは性質の違《ちが》うものだったため、まったく気がつかなかった。

「最初からレイが守ってくれてたんだな」

「言ったでしょう？　それが俺の役目ですから」

「ありがとう」

確かにグレイブは森の家にいたときにも、守らせてくれと言ってくれていたことを思い出して微笑む。

「でも、忘れないでください。最初に俺を守ってくれたのは、ノアのほうです。ノアが俺を守ろうとしてくれたこと、俺は一生忘れません」

照れくさくて、はにかんだノアの頬に、そっと唇が触《ふ》れる。あのときはまさか、グレイブとこんなことになるなんて、考えてもみなかったけれど……。

「でも、よくあの場所が分かったね」

「ノアに礼拝堂の場所を訊かれたと、報告がありましたから」

さらりと言われた言葉に、ノアはぱちりと瞬《まばた》く。

「報告?」

「ああ、いつもさせているわけじゃないですよ。ノアにしばらく会いに来るなと言われたから、その間だけです」

「そ、そうか……」

本当にそうか?　という疑問が少しだけ浮《う》かんだけれど、まぁいいかと思う。それまでは一日に何度も顔を合わせていたし、寝る前の時間に一日にあったことについて、互《たが》いに話をしていたから報告させるまでもなかっただろう。

「鬱陶《うっとう》しいですよね。……ごめんなさい」

その上、そんなふうに謝られて、ノアは頭《かぶり》を振《ふ》る。

「いいよ。むしろ、その……離《はな》れていた間もレイが俺のことを気に掛けてくれてたんだと思うと……うれしい」

ノアの言葉に、尻尾がうれしそうにぶんぶんと振られていることに気付いて、ノアはまた微笑む。

「――ノア」

「何？」

「昨夜はきちんと確認《かくにん》しなかったけれど……」

グレイブはそう言いながら立ち上がり、ベッドの下に跪《ひざまず》いた。そっと手を取られて、ノアはどうしたのだろうと首をかしげる。

グレイブがノアの顔を見上げる。まるで緊張《きんちょう》しているかのように、耳がピンと立っていた。撫《な》でてあげたくなって持ち上げた手を、グレイブがそっと握《にぎ》る。

「レイ……？」

グレイブの乾《かわ》いた唇が、ノアの手の甲《こう》にそっと押し当てられた。摑《つか》まれた手の指先が、じんと痺《しび》れた気がする。

「ノア、あなたは俺の最愛の番《つがい》です」

きれいな灰色の瞳《ひとみ》が、ノアをまっすぐに見上げる。

「どうか、伴侶《はんりょ》になってください」

もう、何度目かも分からないその申し入れに……。

「はい」

今度こそノアは、頷いた。

グレイブが感極《きわ》まったようにノアを抱《だ》き寄せ、キスをする。

「もう、絶対に放しません」

痛いくらいの力で抱きしめられて、ノアは幸福な気持ちに満たされたまま、その背をぎゅっと抱きしめ返したのだった……。

あとがき

はじめまして、こんにちは。天野《あまの》かづきです。この本をお手にとってくださって、ありがとうございます。

羽毛布団《ぶとん》と毛布をクリーニングに出した途端《とたん》、地獄《じごく》のような暑さに苛《さいな》まれる日々を送っているわたしです。近年まれに見る英断でした。皆様《みなさま》いかがお過ごしでしょうか……。今年は暑くなるのがめちゃくちゃ早い気がしています。熱中症《ねっちゅうしょう》などに気をつけて、ご自愛ください。

今回のお話は、獣人《じゅうじん》の少年を拾った魔術師《まじゅつし》が、少年だと思ってかわいがっていたら実は……という、ショタおにからの年下攻《ぜ》めでお送りしております。ショタおに大好きなので一度は書きたかった……。その上、大好きなケモ耳です。この歳になってまた一つ夢が叶《かな》ってしまって、感無量です。

ちなみに獣人を拾ったお話を、次も続けて書かせてもらうことになっていて、そちらはショタとショタのシーン（健全）を書いていますので、好きな人は是非《ぜひ》そちらも楽しみにしていただけると嬉《うれ》しいです。わたしは大好きです。

イラストは、蓮川愛《はすかわあい》先生が引き受けてくださいました。表紙もとても美麗《びれい》で、レイのもふもふ具合やノアの麗《うるわ》しさが最高だったのですが、モノクロもものすごく素敵《すてき》で、本で見るのが今から楽しみです。本当にありがとうございました。

少しだけ宣伝ですが、陸裕千景子《りくゆうちかこ》先生にコミカライズをしていただいている「モブは王子に攻略《こうりゃく》されました。」が、二〇二一年八月三十日発売予定の「エメラルド夏の号」に掲載《けいさい》されます。ぜひ、ご覧になってくださいね。お陰様《かげさま》で、原作の小説にも重版をかけていただきましたので、漫画《まんが》と小説、どちらもよろしくお願いします。

あと、担当の相澤さんには今回も大変お世話になりました。毎回ご心配をおかけして申し訳ありません。これからもがんばりますので、よろしくお願いします。

最後になりましたが、ここまで読んでくださった皆様、ありがとうございました。少しでも楽しんでいただけたでしょうか。気に入っていただけるところがあれば幸いです。ケモ耳を愛する人が一人でも増えてくださったらさらに嬉しいです。

これからますます暑い日が続いていくと思いますので、体調に気をつけてお過ごしください。

それでは、また次の本でもお目にかかれれば幸いです。皆様のご健康とご多幸を、心からお祈《いの》りしております。

二〇二二年　六月

天野かづき

KADOKAWA RUBY BUNKO

獣人《じゅうじん》の最愛《さいあい》
天野《あまの》かづき

角川ルビー文庫　23315

2022年9月1日　初版発行

発行者——青柳昌行
発　行——株式会社KADOKAWA
〒102-8177　東京都千代田区富士見2-13-3
電話 0570-002-301（ナビダイヤル）
編集企画——エメラルド編集部
印刷所——株式会社暁印刷
製本所——本間製本株式会社
装幀者——鈴木洋介

●お問い合わせ
https://www.kadokawa.co.jp/（「お問い合わせ」へお進みください）
※内容によっては、お答えできない場合があります。
※サポートは日本国内のみとさせていただきます。
※Japanese text only

ISBN978-4-04-112839-8　C0193　定価はカバーに表示してあります。

転生したら
悪役令嬢の
兄《あに》だった件
について
王弟殿下の
溺愛
天野かづき
illustration 蓮川愛
王弟殿下の溺愛
Outeidenka No Dekiai
悪役令嬢の妹が無実の罪で王子に断罪される場面で
前世の記憶を取り戻したルーシャス。「この馬鹿！」と
王子を罵り国外追放を言い渡されたところで、大国の
王弟クレイオスが自分を「もらい受ける」と言い出して⁉
大好評発売中！
角川ルビー文庫
KADOKAWA

魔王の溺愛
魔王の溺愛
Maou No Dekiai
勇者『ざまぁ』!?
魔王が聖女(男)に求婚!?
男の俺が異世界に聖女召喚!?
天野かづき
illustration 蓮川愛
突然「聖女」として異世界召喚された朝陽。
魔王を倒したが、その途端勇者に裏切られたことを知る。
心が折れた朝陽は、魔王の死を嘆く魔族のため力を振り絞り
魔王を助けるが、目を覚ますとなぜか魔王に抱かれていて…!?
大好評発売中!
角川ルビー文庫
KADOKAWA

二百年の時を超えても、
貴方から、逃れられない。
龍王陛下と転生花嫁
Ryuou Heika to Tensei Hanayome
天野かづき
イラスト
陸裕千景子
前世で女性だったルーフェは、二百年後の同じ世界に男として生まれ変わった。しかし、前世で自分のツガイだった龍族の王に再び捕らえられてしまい…!?
大好評発売中
KADOKAWA